Évaporation

Loi n°49-956 du 16 juillet 1949 sur les publications destinées à la jeunesse, modifiée par la loi n°2011-525 du 17 mai 2011.

En application de l'art. L.137-2.-I. du code de la propriété intellectuelle, toute reproduction et/ou divulgation de parties de l'oeuvre dépassant le volume prévu par la loi est expressément interdite.

© Louise-Marie Bernard, 2024

Édition : BoD · Books on Demand GmbH, In de Tarpen 42, 22848 Norderstedt (Allemagne)
Impression : Libri Plureos GmbH, Friedensallee 273, 22763 Hambourg (Allemagne)

Impression à la demande
ISBN : 978-2-3224-7815-6
Dépôt légal : Octobre 2024

A mes muses, aussi nombreuses soient-elles,

Partie 1
Nouvelles

Achetons celle-ci

Nous étions en train de nous promener dans les bois. Nous voulions trouver l'endroit parfait pour nos photos de mariage. Alors depuis quelques semaines, nous arborions les bois, aussi nombreux soient-ils, aux alentours pour trouver un endroit qu'elle aimerait plus que n'importe quel autre. Elle avait trouvé un bois dans lequel se trouvait un trou au milieu des arbres. La promenade se faisait longue et nous nous étions égarées du chemin prévu pour les marcheurs.

Au loin, nous pouvions apercevoir quelque chose, mais nous n'arrivions pas à savoir de quoi il s'agissait. Nous avons avancé vers cet horizon et lorsque nous sommes arrivées, un château de quatre étages s'étendait devant nos yeux. Il était magnifique et si vieux, ce que nous adorions, et il était surtout inhabité. Nous avons contourné la bâtisse pour voir sa devanture, qui était encore plus jolie que dans notre imagination. La porte était faite d'un bois très foncé et de vitraux colorés. Ils devaient faire d'incroyables reflets dans l'entrée du lieu, j'aurai adoré les voir. Elle prenait des photos pour essayer de le retrouver sur Internet, mais un vieil homme est arrivé.

Nous avons d'abord eu peur qu'il nous demande de partir, mais il nous a simplement informé sur l'immense maison. Elle était à lui et jamais il n'avait réussi à l'entretenir, alors il voulait la vendre, mais les agences de la ville d'à côté refusaient de la mettre en vente. Ils disaient qu'elle était trop âgée et qu'elle ne plairait pas aux nouveaux acheteurs. Pourtant elle nous plaisait terriblement. Le gentil homme nous a proposé de visiter la maison, ce que nous avons de suite accepté. Elle aimait tellement ce château qu'elle voulait en connaître toutes les facettes.

Les pièces étaient toutes plus jolies les unes que les autres. Les papiers peints étaient encore intactes et des meubles étaient encore là. Je voyais ses yeux briller de plus en plus fort devant ces chambres, ces salons, ces salles de bain, cette cuisine et toutes les autres pièces. Elle était tout aussi séduite que moi par l'endroit.

Le vieillard nous a soudain proposé de nous vendre la maison à un prix si bas que nos yeux se sont écarquillés. Elle m'a regardé, et a glissé un baiser sur ma joue pour ne pas que je refuse ce qu'elle allait demander avant de chuchoter à mon oreille.

« Achetons celle-ci, je t'en prie, je veux cette maison et puis nous serons pas loin du bois pour nos photos. Dis oui, dis oui, dis oui ».

Agréable nuitée

« Laisse-toi aller et ça ira tu verras. » Elle avait raison, je devais arrêter de réfléchir sans arrêt. J'ai soufflé tout l'air que contenaient mes poumons et j'ai lâché prise. Je voulais la laisser balader ses mains brûlantes sur mon corps froid. Ce qu'elle a fait.

Ses baisers ne cessaient plus et voyageaient entre mon cou et mes lèvres gercées. Ses doigts se glissaient sous mon t-shirt et sous mon short, qu'elle s'empressa de retirer. Ceci m'effrayait parce qu'aucune autre personne avant ne m'avait vu ou encore même touché de la sorte mais je voulais la laisser faire. Elle aussi allait me laisser faire.

Sans rien contrôler, mes mains se mirent à parcourir son corps et à jouer avec la dentelle de sa nuisette. Je ne savais pas ce que je faisais mais je le faisais pourtant avec une certaine assurance.

Nos souffles devenaient saccadés et des sons non-contrôlés s'échappaient de nos bouches. Notre moment fut si tendre et si amoureux que nous étions à présent à l'aise avec le corps de l'une et de l'autre.Nos sens étaient en éveils et tout semblaient magique.

Après ce moment d'amour intense, je me suis allongée sur elle. Je ressentais le besoin de sentir sa peau immobile sur la mienne, de sentir son corps se calmer sous le mien. L'amour de cet instant dépassait tous les autres possibles. Elle a posé un doux et long baiser sur mon front puis elle a brisé de sa voix mélodieuse le silence.

« Je t'aime et je te veux pour l'éternité. »

Aimer cette fille

Depuis des années, elle et moi ne supportions pas de se voir. Nous avions une haine terrible l'une pour l'autre. Et je la détestais encore plus parce que, même si je disais le contraire, je la trouvais excessivement belle. Je ne savais même plus pourquoi je la détestais.

Nous étions méchantes l'une avec l'autre depuis toujours et très souvent je parlais d'elle avec mes amies. Elle faisait la même chose alors pourquoi aurai-je dû m'en priver ? Et aujourd'hui, elle avait dit à une fille qui répète tout ce qu'elle entend que je n'avais plus de famille. Je ne savais pas comment elle avait pu le savoir, mais je n'avais jamais voulu que ça se sache pour ne pas attiser la pitié des autres, et éviter qu'ils me pensent faible. Les gens s'en prennent toujours aux faibles. Alors ce jour là, je me suis énervée aussitôt que j'ai entendu ces paroles sortir de la bouche d'une fille qui était censée ne rien savoir de mes histoires de famille. Je suis allée trouver cette peste, et elle était particulièrement jolie ce matin. Je lui ai demandé que l'on s'isole, ce qu'elle a accepté, mais bien sûr les autres nous ont suivi en essayant d'être discrets.

Je lui ai balancé toutes les injures du monde, les larmes et la colère me créaient des tâches rouges sur le visage. Je crachais mon venin en espérant l'empoisonner mais elle restait de marbre, insensible à ce qu'elle avait fait. Et prise par le désespoir, je lui ai demandé pourquoi elle voulait me faire autant de mal, pourquoi elle s'acharnait alors qu'il suffisait qu'on arrête de s'en vouloir sans raison. Elle a bougé cette fois, son visage s'est attendri, elle était encore plus belle quand elle laissait tomber sa méchanceté. Puis elle a parlé elle aussi.

« —Embrasse-moi.

—Quoi ?

—Embrasse-moi.

—Tu veux que je t'embrasse ?

—Oui, embrasse-moi. »

Abasourdie, je me suis avancée et je l'ai regardé dans les yeux, pour la première fois. Elle a pris mon visage entre ses mains puis elle a scellé nos lèvres pour quelques secondes. Elle s'est écartée, a gardé les yeux fermés et les lèvres pincées un moment. Puis elle a brisé le silence de nouveau.

« C'est pour ça que je te déteste autant. »

Et elle est partie.

Antiquités

Le magasin d'antiquités de la ville d'à côté venait d'ouvrir et elle voulait absolument y aller. Nous adorions remplir notre maison de vieux meubles et de nombreuses babioles en tout genre. Les gens se moquaient très souvent de ce qu'on achetait mais une fois fondu dans le décor, les babioles donnaient une certaine valeur à la pièce.

A peine entrées, elle m'avait montré un énorme miroir doré orné d'anges sur le dessus. Je savais que je n'aurai pas le choix de l'acheter : elle avait déjà prévu de le mettre dans l'entrée en face de la porte. J'ai sorti les post-it de son sac à dos en cuir (qu'elle m'avait volé lors de notre premier aménagement ensemble) et un stylo des années lumières (il s'agissait bien sûr d'une copie). J'ai noté notre nom et mon numéro de téléphone, puis j'ai collé le bout de papier bien en évidence pour que personne ne vole le joyau de ma femme.

Je me suis retournée pour la retrouver mais c'était elle qui était venue me trouver, avec à la main un sac en toile de jute rempli de vases, de service à thé en porcelaine blanche à fleurs et au fond je n'arrivais pas à apercevoir ce qu'elle cachait. Elle ne m'a pas permis de lui demander de quoi il s'agissait et elle est partie payer ce qu'elle avait choisi avec deux cartes différentes.

Lorsque nous sommes rentrées chez nous, elle a sorti la presque totalité de son sac et je suis allée placer le miroir. Nous aurions dit qu'il avait été fait pour être mis ici, sur ce mur bleu marine. Quand je suis revenue, elle avait déjà mis la porcelaine et les vases dans l'évier pour les laver. Elle avait recouvert quelque chose sur la table avec le sac vide. Son sourire s'étendait sur l'entièreté de son visage, qu'est-ce qu'elle cachait là dessous ?

Elle m'a dit de soulever la sorte de drap et sous celui-ci se trouvait une sublime machine à écrire encore fonctionnelle ! Il s'agissait d'une Jappy 305 verte. Je ne savais pas où elle l'avait trouvé parce que je ne l'avais pas remarqué, sinon je l'aurai de suite prise sous mon bras pour que personne ne puisse la voir. Elle était si fière que je l'ai entre les mains qu'elle paraissait plus heureuse que moi, ce n'était bien évidemment pas le cas.

Elle est allée la poser sur le bureau de notre bibliothèque, puis elle m'a dit d'un air sérieux sans vraiment l'être.

« J'ai envie que tu écrives tous tes textes et tous tes chapitres à la machine désormais. Et je veux être là à chaque fois et tout lire. D'accord ? »

Atelier cuisine

14h00

Je venais d'ouvrir les yeux à cause de notre boule de poils, Céra, un chat noir un peu fou. Mon corps tourné vers le sien cherchait un signe d'éveil, elle me le donna après dix minutes durant lesquelles j'admirais sa beauté.

Depuis notre emménagement dans cette maison, son sommeil était plus long et plus apaisé. Elle finissait toujours par se réveiller de faim.

Après avoir donné toute son affection à Céra, elle se dirigea vers notre cuisine bleu ciel. Ses envies culinaires variaient très peu, mais depuis quelques mois elle ne voulait que des gaufres recouvertes de chocolat fondu. Son excuse était toujours la même : notre bébé voulait du chocolat, mais ce n'est pas correct de ne manger que le chocolat, pas vrai ? Alors elle sortait en chaque début d'après-midi la farine, le sucre, la levure, le beurre, les œufs, le lait et le sucre vanillé. Je sortais en même temps l'appareil à gaufres, le fouet, la louche et le saladier en bambou de sa mère, sinon ça n'aurait pas le même goût. Enfin c'est ce qu'elle disait.

Elle détestait les faire alors je m'activais pendant qu'elle pesait ce que je devais ajouter. Pour ne pas mettre la main à la pâte elle allait toujours faire autre chose et elle attendait toujours la fin du mélange pour revenir.

Beaucoup de gens n'aiment pas les routines, nous, nous les chérissons.

Mais aujourd'hui elle n'avait pas envie de rester accoudée au plan de travail. Elle avait préféré passer derrière mon dos et entourer ma taille de ses bras laiteux. Son ventre n'avait pas encore assez gonflé pour qu'elle en soit privée. Elle avait toujours été plus grande que moi alors elle posa sa tête sur mon épaule et fit attention à chacun de mes gestes.

Quand j'eus terminé, elle prit le plat et son chocolat fondu sans attendre que je finisse de ranger.

« Chérie l'atelier cuisine c'est fini ! Notre bébé a faim on rangera plus tard. ».

Sacré bébé, non ?

Attentat

« Je ne veux pas y aller, je suis fatiguée » avait-elle dit ce matin là. C'était un jeudi, elle ne voulait pas se rendre au lycée. Elle ne savait pas expliquer son mal-être mais il était bien présent. Malheureusement ses parents l'avaient sorti du lit et amenaient devant la grille grise. C'est ainsi que nous nous sommes retrouvées dans le grand hall vert, elle aussi mal que possible, moi aussi enjouée qu'elle était mal. Aujourd'hui nous allions rencontrer plusieurs auteurs et autrices, j'étais réellement pressée. Nous nous dirigeâmes vers notre premier cours. A la moitié de celui-ci, les écrivains et écrivaines interviendront.

Cependant, nous n'avions même pas pu poser nos affaires quand un son strident retentit. Le professeur se rua sur la porte pour la verrouiller. Certains élèves se ruèrent, eux, sur les fenêtres pour les bloquer. D'autres bloquèrent la porte avec des chaises. Nous nous sommes plaqués contre les murs dans un silence absolu. Ce n'était pas un exercice, je le compris à la vue de la réaction du professeur.

Mon amie avait peur. A vrai dire moi aussi. Nous communiquions par message. Je n'avais prévenu ni mes parents ni ma fiancée, je ne voulais pas rendre ce moment, cette situation, réel. Sa main et la mienne se trouvèrent, nous apportant une once de sécurité. Ce sont ensuite nos yeux qui se trouvèrent. J'empoignai mon téléphone et tapai sur le clavier.

Embrasse-moi

Et ta fiancée ?

Embrasse-moi je t'en supplie.

Elle se pencha, hésita puis posa enfin ses lèvres sur les miennes. J'adorais ça mais je me sentie de suite coupable.

BOOM.

La douleur me transperça, comme la balle entrée en moi.

Attirante

Je la regardais depuis déjà quelques minutes. Elle était paisiblement installée dans notre sofa, elle lisait l'un de mes bouquins préférés. Je détestais la déranger pendant ses lectures mais j'allais le faire quand même.

« —Chérie ?

—Mhh ? A-t-elle interrogé sans même lever le nez des pages jaunies.

—Est-ce que tu me trouves attirante ? Enfin je veux dire est-ce que je te plais vraiment ? Est-ce que, parfois, quand tu me vois tu te dis que je suis la huitième merveille du monde ? Est-ce que lorsque je porte ma nuisette noire tu as envie de mon corps ? Est-ce que tu aimes me regarder me changer ? Est-ce que lorsque je suis nue devant toi tu as envie de parcourir mon corps de tes mains ? Est-ce que je t'attire comme ça autant que du côté sentimental ? Parce-que j'ai peur que ce ne soit pas le cas. »

Comme simple réponse, elle m'a rejoint dans mon fauteuil, a posé un tendre baiser sur mes lèvres, puis dans mon cou pour atteindre mon oreille et chuchoter dans le creux de celle-ci.

« Tu m'attires physiquement, psychologiquement, mentalement et sentimentalement, est-ce clair ? ».

Baignoire

« Chérie, j'ai envie qu'on prenne un bain. »

Nous n'avions jamais utilisé la baignoire de notre nouvelle maison. C'était l'une de ces anciennes baignoires blanches sur pieds. Elle l'avait adoré lorsque nous l'avions vu à la brocante.

J'avais mis de l'eau presque bouillante pour que nous puissions y rester longtemps. J'avais ajouté de la mousse et des pétales de roses. C'était vraiment joli et apaisant.

Nous sommes entrées dans l'eau avec difficulté puis je me suis allongée sur son buste, dos à elle. Elle a commencé à dessiner dans mon dos, puis à écrire. Elle écrivait des mots d'amour, parfois des bêtises, puis elle a écrit une phrase.

R.E.T.O.U.R.N.E.T.O.I.E.T.E.M.B.R.A.S.S.E.M.O.I

Ce que je fis. J'étais face à elle, les mains dans sa nuque et les doigts jouant dans ses cheveux. J'aimais la regarder comme je le faisais actuellement. Elle était tellement belle, j'étais si fière d'être sienne et d'avoir au doigt son bijou offert comme promesse.

Comme elle me l'avait demandé, je posai mes lèvres sur les siennes. Puis je me suis amusée à poser des baisers sur son front, ses paupières, ses joues, son nez, son menton, son cou puis je suis revenue sur ses lèvres. Elle ne voulait plus que je me décolle d'elle et l'eau avait beau refroidir, nos corps eux, devenaient chauds. Ses mains me parcouraient et mon souffle devenait irrégulier.

Puis notre chat a hurlé et j'ai senti ses griffes dans l'eau. Céra avait voulu se baigner, elle aussi. Nous avons échangé un regard complice puis nous avons explosé de rire. J'ai reposé ma tête dans son cou et nous sommes restées ainsi un bon moment.

Ballon rouge

Notre lycée avait ouvert un groupe de parole pour ceux qui n'arrivaient pas à gérer leurs émotions et mon amie m'avait demandé de l'accompagner. La vraie raison pour laquelle j'avais accepté, c'était pour que ça me soit bénéfique. Je n'osais pas l'avouer mais moi aussi je ne savais pas gérer ce que je ressentais. Quand nous sommes arrivées, on aurait cru être dans une thérapie pour alcoolique. Des chaises étaient mises en rond, et sur l'une d'elle, un ballon rouge avait été posé là. Nous étions les premières à être arrivées parce que mon amie avait peur d'être en retard.

Les autres sont arrivés petit à petit, puis la prise de parole a commencé. La règle était simple : lorsque quelqu'un avait le ballon entre ses mains, la personne devait se présenter et dire dans quelle situation il était difficile de contrôler ses émotions. La professeure a commencé, puis elle a passé le ballon à son voisin de gauche. La balle est vite venue à nous et alors j'ai dis être là pour accompagner mon amie. J'ai été interrompue par une fille que je n'avais jamais vu. Elle s'est excusée puis nous a rejoint. Elle m'a de suite attirée, comme si un aimant me reliait à elle. Durant toute l'heure de thérapie, nous avons échangé des regards et des sourires. Je le voyais, ce n'était pas dans ma tête. Je voulais connaître son nom, et sa personnalité. Je voulais tout connaître d'elle.

Quand la thérapie fut enfin terminée, je fus la dernière à sortir, et elle m'attendait à la porte. Elle était encore plus jolie de près ; j'aurai pu essayer de la décrire mais aucun mot ne valait réellement sa beauté. Simplement je ne voyais que ses yeux d'un vert pas loin du translucide, sa peau de lait et ses cheveux ondulés et noirs parcourir le haut de son corps.

« Toi aussi tu as ressenti cette chose, cette connexion, pas vrai ? »

Évidemment que je l'avais ressenti.

Bleu nuage

L'herbe chatouillait mes chevilles découvertes. Je ne savais pas depuis combien de temps j'étais allongée là, sur la couverture de Candice. Elle était très épaisse et très douce mais ici, l'air était assez chaud pour ne pas avoir besoin de s'enrouler dedans.

Cette prairie je la connaissais depuis toujours ; maman m'amenait faire des pique-niques lorsque son mari buvait beaucoup. Le temps que la rage lui passe, nous allions nous promener et je courais pendant des heures. J'aimais apporter toutes les fleurs que je trouvais à maman. Puis à l'âge de dix ans, elle m'a annoncé que c'était terminé. Ce n'était plus possible parce qu'elle était trop fatiguée et trop enceinte. J'y allais donc seule, chaque fois que la météo et que mon emploi du temps me le permettaient. C'était mon endroit personnel et secret. Je ne voulais y amener personne.

Mais un jour, j'ai rencontré une fille à l'école. Cette fille, plutôt. On était amies depuis quelques semaines quand j'ai compris que je ne la voyais pas comme elle me voyait. Elle était tout ce que recherche l'autre. Ses défauts paraissaient qualités. Elle souriait tout le temps, même quand les épreuves de vie devenaient cauchemars. Je savais depuis la première fois que nos regards s'étaient croisés que quelque chose n'allait pas chez elle, dans son quotidien, dans son cocon privé. Et un jour, elle n'est plus venue en cours durant des jours. Lorsqu'elle est revenue, elle était couverte de tâches bleues et son bras était dans une écharpe. Quelqu'un l'avait tabassé. J'ai tenté plusieurs fois de savoir ce qui s'était passé mais elle semblait avoir honte et fuyait toujours cette conversation.

Quand elle fut rétablie, je me suis dis que ma prairie personnelle et secrète pouvait peut être devenir notre prairie personnelle et secrète. Alors je l'ai conduite là-bas et nous avons pique-niqué. Nous sommes restées allongées des heures entières sur sa couverture, à parler et à rire. A entremêler nos doigts puis nos lèvres. Elle dut finalement rentrer chez elle. Elle refusait que je la ramène.

Elle m'embrassa longuement, avec tendresse mais avec force, je ne compris pas de suite que c'était un au revoir. Les jours suivants, elle ne vînt pas.

Le vingt mai, après une semaine d'absence, ce fut la directrice qui entra, avec un air de choc intense sur son visage qui me marque depuis ce jour. Un silence a régné longtemps : la grande femme ne trouvait pas ses mots. Elle finit par se racler la gorge avant de prendre la parole, la voix tremblante.

« Je suis dans une immense tristesse aujourd'hui mais je vais essayer d'être brève sans vous choquer. Votre camarade, Candice, est décédée il y a de ça quelques jours à la suite de violences domestiques. » Elle continua son discours mais je n'écoutais plus. Candice était morte. Candice est morte.

Le lendemain nous pouvions lire dans le journal qu'après un excès de colère, un père avait assassiné sa fille de quinze ans à force de la violenter de toutes les manières possible. Ses affaires allaient être jetées alors je me rendis en courant devant sa maison pour récupérer son plaid. Devant son cocon d'enfer, je lui promis de retourner à la prairie tous les vingt mai pour ne jamais oublier ce fameux jour.

Alors aujourd'hui j'étais partie très tôt pour rouler pendant trois heures. Les nuages lui ressemblaient et, lui demandant un signe, trois feuilles se mirent à tournoyer autour de moi.

Cachées dans le cellier

Nous n'étions plus que deux, dans le cellier, pour sept minutes. Elle m'intimidait mais je n'avais qu'une idée : écouter cette voix qui me disait de retirer ces quelques centimètres entre nous et de goûter à ses lèvres. Ses yeux étaient plantés dans les miens et l'alcool dans mon sang me donnait l'envie de briser les lois. Mais c'est elle qui brisa les lois.

Elle m'a embrassé en me faisant reculer pour m'adosser à ce mur. Elle avait une emprise sur moi qui me plaisait plus que toutes les autres. Nos lèvres dansaient à l'unisson et les mains de l'une parcouraient le corps de l'autre pour chercher nos limites. Mon corps brûlait de passion et d'envie face à ses gestes et ses baisers de plus en plus langoureux.

Elle a cherché le plie de ma jupe sur ma cuisse durant plusieurs minutes pendant que mes mains se baladaient sur ses côtes. Quand elle eut trouvé ce qu'elle cherchait, elle a passé sa main sous cette jupe qui me donnait trop chaud et l'a remonté sur ma peau pleine de frissons pour rejoindre ma hanche. Elle m'a collé plus encore à son corps et sa jambe est venue se loger entre les miennes. Elle aussi a remonté pour atteindre cette zone interdite. Elle avait atteint ma limite et jouait de ce pouvoir qu'elle avait obtenu en si peu de temps.

Je ne voulais pas la repousser mais ma raison savait que d'ici très peu de temps, quelqu'un viendrait nous chercher pour nous dire que les sept minutes de paradis seraient terminées. J'étais incapable de l'arrêter, je n'en avais aucune envie. Je voulais que nos corps dansent ensemble jusqu'au petit matin dans une chambre sur un lit douillet. Puis soudain nous avons entendu l'alarme qui annonçait la fin de notre aventure. Elle s'est écartée dans un dernier baiser, j'ai replacé ma jupe puis nous sommes sorties. Elle m'a jeté un dernier regard joueur avant de partir et j'ai rejoins mon amie. Celle-ci s'est mise à rire en me voyant. Elle m'a tendu mon téléphone et lorsque j'ai vu mon reflet, j'ai de suite rougi.

« Vous vous êtes plutôt bien amusées là-dedans on dirait, elle aurait pu mettre un rouge à lèvre sans transfert quand même ».

L'amusement avait été de trop courte durée à mon goût, et ces traces de rouge à lèvre rouge me prouvaient que je n'avais pas rêvé ce moment.

Ce "oui" aquatique

« Viens, la fête du mariage n'est pas aujourd'hui ».

Cela faisait déjà quinze jours que j'avais préparé cette surprise.

Je savais que notre mariage était une source énorme de stress pour elle et elle n'arrivait pas à lâcher prise, alors pour la deuxième fois de ma vie, j'ai combattu ma phobie pour l'emmener dans cet endroit qu'elle aimait tant.

Nous nous étions changées avant de partir : nous avions échangé nos longues robes pleines de promesses contre les robes qu'elle avait choisi pour ses vingt ans.

Voir ce grand bâtiment vide sans personne devant ni même à l'intérieur était surréaliste, mais j'avais réussi à convaincre le propriétaire du lieu grâce à mes nombreux arguments (et grâce à une belle somme d'argent).

Ses yeux se sont mis à briller quand elle a compris.

« Tu as privatisé Nausicaa pour célébrer notre mariage rien qu'à deux ? Vraiment ? ». Oui, vraiment.

Nous avons parcouru les aquariums un à un et devant ceux illuminés que de petites lampes je la faisais danser un instant pour voir son si beau sourire et parfois entendre son doux rire.

Puis nous sommes arrivées au plus grand aquarium, son préféré. Nous nous sommes allongées là, dans les bras l'une de l'autre, pour plusieurs heures. Elle semblait tellement apaisée et je ne voyais que les reflets de l'eau jouer sur son visage de poupée. Chaque jours passés à ses côtés faisaient de moi la femme la plus amoureuse, et ce jusqu'à la fin de nos jours. Elle déposa un baiser sur mes lèvres maquillées, puis elle brisa le silence avec le plus beau son de l'univers : son rire.

« -Pourquoi tu ris ?

-Parce-que je sens encore ta peur de me perdre lorsque je t'embrasse alors que je viens de t'épouser, parce que tu es mon éternel amour. ».

Je l'ai serré plus fort encore et j'ai posé mes lèvres sur son front.

Cette nuit dans ce chalet

Le bois craquait sous nos corps gelés. Ce chalet dans lequel nous vivions depuis une semaine était le plus confortable de la ville. En début de semaine, la télévision et les radios avaient annoncé l'arrivée d'une tempête de neige, et ils n'avaient pas menti! Devant notre porte se dressait un mur de neige, la lumière du jour était bloqué derrière cette muraille blanche. Tout comme nous. Cela faisait donc exactement six jours que nous n'avions vu ni l'extérieur, ni nos familles dans les chalets voisins. Nous ne nous en plaignions pas, bien au contraire : n'être qu'à deux dans ce bel espace rien qu'à nous nous rendait encore plus amoureuse l'une de l'autre.

Ce jour-ci, il faisait particulièrement froid, les nombreuses sources de chaleur et nos couvertures ne suffisaient plus à nous réchauffer. Seule une pièce restait encore chaude : notre chambre. Ici l'air était chaud. Nous avions pour habitude de passer nos journées dans le sofa du salon mais aujourd'hui, elle se passerait ici-même, dans ce lit de bois brut constitué d'un matelas d'eau et habillé par une couette et quatre oreillers en plume d'oie.

Elle avait passé la journée dans mes bras, à parler de ses anecdotes enfantines et à écouter les miennes. La chaleur qu'émettait son corps était forte et ses cheveux collés à mon nez me demandaient de l'embrasser. Comme si elle entendait mes pensées, elle se releva et plongea ses yeux verts au fond des miens, avant de coller nos lèvres encore chaudes de notre chocolat bu quelques minutes avant. Elle se décida à prendre une douche, celle qu'elle avait refusé de prendre le matin même par peur de devenir un glaçon. Ce soir-là elle fut longue à revenir et malgré moi j'imaginais l'eau brûlante glisser et perler sur sa chevelure sombre et sur sa peau de lait.

Quand elle ouvrit cette porte qui séparait la salle d'eau de la chambre, je crus tomber du lit ; elle, qui d'habitude ne dormait qu'avec d'énormes pulls, se tenait devant moi avec l'une de ses robes en dentelle et en tulle qu'aiment appeler les gens « nuisette ». Elle n'était pas vulgaire, ni provocante, non. La dentelle noire et brodée sur sa poitrine avait l'air sur mesure pour son corps et le tulle du reste de la robe épousait ses formes. Son visage laissait apparaître une once de jeu, comme si elle venait de me mettre au défi. Nous en avions déjà parlé, ce jeu m'effrayait plus que tous les autres réunis mais elle voulait tellement y jouer. Le feu me monta aux joues et je fus vite rouge. Plus elle avançait et plus mes peurs s'intensifiaient. Elle ne parla pas, elle se mit simplement sur moi et chercha instantanément ma bouche avec la sienne. Mes mains, comme guidées seules, glissaient sur ses hanches presque brûlantes. Avec les minutes, mon corps s'habituait à ce feu amoureux et envieux ; mes mains osaient enfin se balader, et elle le sentait.

Elle déposa quelques baisers sur la peau de mon cou chaud et chuchota assez fort pour s'assurer que j'entendrai. « Laisse-toi aller, s'il te plaît ».

Château de sable

Cette semaine la chaleur avait été insoutenable, mais près de l'eau celle-ci se faisait moins ressentir. Nous avions installé notre serviette de plage mauve et le grand parasol puis nous avions été remplir notre seau avec l'eau salé de la mer.

Elle s'est assise sur le sable chaud et a commencé à sculpter celui-ci. Elle aimait faire des châteaux de sable chaque fois que nous allions à la plage alors je l'admirais puis à la moitié de son œuvre éphémère, je me baladais pour trouver de jolis coquillages qui orneraient son château.

Après quelques minutes de recherches non loin de notre endroit, j'ai trouvé un coquillage si beau qu'il paraissait faux : il faisait presque la taille de ma paume de main et était noir, complètement noir. Je voulais absolument qu'elle le voit avant d'en trouver d'autres. Je l'ai appelé par ce surnom que j'adore lui donner. Elle a relevé la tête et le soleil s'est posé sur son visage laiteux. Ses yeux sont devenus presque fluorescents face à la lumière naturelle. Mes mots avaient disparu et je ne voyais plus qu'elle. Un tsunami aurait pu arriver je n'y aurai prêté aucune attention parce qu'elle était là. Devant moi. Elle me regardait avec ce regard fier de cette sculpture puis soudainement, son visage a changé. Elle est passée de l'étonnement à l'euphorie. Elle s'est mise sur ses genoux, a posé ses mains pleine de sable sur son ventre rond et elle s'est relevée pour me rejoindre.

« Mon cœur, notre ange a bougé ! Je l'ai senti ! C'est la première fois ! Je crois qu'elle a aimé ce coquillage! ».

Notre ange était réellement là, installé dans son corps.

Cheffe danger

J'avais déjà essayé de joindre ma supérieure plusieurs fois. Je devais lui poser quelques questions à propos du nouveau logiciel mais je ne voulais surtout pas me rendre dans son bureau pour le lui demander. En réalité, elle m'attirait énormément, je n'arrivais jamais à me concentrer en sa présence. Sa prestance et son élégance convergeaient avec son humour et sa drague plutôt gênante, mais qui faisait son effet. De toutes les façons je ne pouvais jamais réellement répondre : elle était mariée depuis plus de dix ans et elle était ma supérieure. Personne ne peut tenter quelque chose avec son chef.

Je n'avais toujours pas de réponse, je décidai donc, à contre cœur et avec la boule au ventre, de me rendre jusqu'à son bureau. Habituellement la porte était ouverte mais actuellement ce n'était pas le cas. Je frappai. Presque de façon inaudible, j'entendis une voix étouffée me permettant d'entrer. Je clichai la poignée, ouvris la porte et lorsque je vis ce que contenait la pièce, je refermai immédiatement. J'avais sûrement mal vu. Pourtant, je l'entendais encore se débattre et essayer de parler. De nouveau, j'entrai.

Devant moi était assise ma supérieure, en sous-vêtements, menottée sur sa chaise au radiateur et bâillonnée avec un slip. Il m'était impossible de la regarder. Après quelques secondes, peut être quelques minutes, elle réussit à retirer le tissu de sa bouche. Elle se mit à rire.

« -Adèle je suis désolée que tu aies vu ça, mon mari voulait essayer de nouveaux trucs, comme si ça nous sauverait du divorce. Il a été appelé en urgence et il m'a laissé là.

-Je m'excuse de vous déranger mais le nouveau logiciel est...

-Je t'en prie viens m'aider. Et lève les yeux tu ne verras ce corps qu'une fois dans ta vie. »

Sans parler, je me dépêchai d'enjamber les vêtements étalés sur le sol et de me rendre derrière elle pour lui retirer ses bracelets embêtants. Je me rendis compte que je ne pouvais la libérer qu'en étant moi aussi sur la chaise, donc sur ses genoux.

« -Qu'est ce que tu attends ? Monte sur moi.

-Je ne vais pas...

-Profite, c'est la première et dernière fois. »

Je me mis à califourchon sur ses jambes, le visage presque en face du sien. Elle me regardait, un regard de défi dans les yeux. Je devenais rouge et commençais à transpirer. Son souffle s'écrasait dans mon cou. Je me débattais avec les ronds de métal mais rien n'y faisait, c'était bloqué.

« -Adèle, embrasse-moi.

-Ce n'est vraiment pas drôle.

-Je ne rigole pas, embrasse-moi. »

Je plantai mes yeux dans les siens, essayant de distinguer si c'était de l'envie ou de la moquerie. Soudain, elle allongea le cou et plaqua ses lèvres sur les miennes. Ses baisers étaient sauvagement doux. Je la sentais onduler sous mes mains maintenant sur son épaule et sur sa joue.

« -Fais moi l'amour » souffla-t-elle entre deux baisers. Elle le répéta une seconde fois, avec plus de fermeté. Hésitante, je fis glisser ma main sur sa peau chaude. Au dessus de son bas de sous-vêtements, j'hésitais toujours. Mais elle réitéra sa demande, alors je plaquai ma main sur sa culotte déjà humide. Je fis des mouvements plutôt lent avant de glisser ma main sur sa vulve nue. Je n'avais fais ça qu'une fois, pourtant je n'avais aucun doute. Je jouai avec son bouton de chair, variant les vitesses de mes mouvements. J'entrai quelques fois en elle, lui arrachant des gémissements. Elle finit dans un dernier gémissement plus puissant que les autres, tremblante de tout son corps.

Je sentis soudain ses mains brûlantes sur mes hanches.

« Je savais que je pouvais passer mes mains, je voulais juste que tu craques enfin. J'attends ça depuis des semaines. »

Et moi si elle savait.

Danse, danse

« Viens danser ! ».

Danser avec eux? Danser devant elle? Laisser mon corps jouer devant cette nouvelle famille? Pourquoi pas finalement.

Mon sourire s'étendait sur mon visage illuminé par la lumière du plafond, mes jambes portaient mon corps tout entier. Je bougeais en rythme à l'écoute de ces musiques entraînantes, mais mon regard restait toujours là, sur elle. Elle ne dansait pas, le temps et les musiques défilaient mais elle se contentait de me regarder, avec ce sourire amoureux, ou moqueur, ou peut être avec ce sourire d'amour moqueur. Les autres autour étaient bruyants mais je n'entendais que la musique. Les autres autour bougeaient mais je ne voyais que son visage amusé. Comment lui demander une danse ? Comment la convaincre de rejoindre ma folie ? Comment, comment, comment. Toujours tellement de questions dans ces moments si simples et si agréables.

Je tends ma main, ne dis rien et attends. Si elle ne la prend pas, je crois que mon être serait capable de s'effondrer, si elle la prend, je crois que mon être serait capable de ne plus jamais la lâcher. Elle l'a prise.

Nos rires se mélangeaient. Mes doigts jouaient avec ses boucles sombres. Mes yeux plongeaient dans ses grands yeux noisettes. Mes mains glissaient sur ses courbes faites de miel. Nos êtres s'accordaient et bougeaient à l'unissons. Le regard de sa famille m'importait peu à cet instant précis. Mon esprit divaguait sur elle et le sien sur moi. Nous nous mélangions l'une avec l'autre et le monde ne tournait plus qu'autour de nous. Puis notre chanson est passée.

Danser avec l'amour de toute une vie sur cette chanson paraissait être un rêve. Le temps de trois minutes et trois secondes nos univers n'étaient plus qu'un. Plus rien ne nous différenciait.

Son rire s'est éteint, mon sourire est tombé puis elle m'a embrassé comme dans ces films ridicules que je déteste regarder. Ceux dans lesquels les gens sont tristes, puis perdus, puis heureux pour l'éternité. Une chose nous séparait de ces baisers, juste une, et la plus importante de toutes ces choses, les sentiments.

Nous avons dansé ainsi toute la nuit, puis toute la matinée. Chaque jours après celui-ci furent danser avec la magie amoureuse dans l'air.

Désir

« Je te désire ». Ces paroles étaient sorties de ma bouche si vite que mes yeux s'étaient ouverts autant qu'ils pouvaient et mes joues avaient rougis telles deux pommes. Ses yeux à elle m'interrogeaient, presque amusés.

« Ce que je veux dire c'est que je désire tes yeux, tes lèvres, ta peau. Oui, je désire ton être. Je désire t'embrasser et arrêter lorsque nos souffles seront coupés. Je désire cogner doucement mon nez au tien, ce qu'appellent les enfants « baisers esquimaux ». Je désire sentir ta peau chaude sous mes doigts gelés. Je désire ouïr tes pensées pour entendre ta voix plus souvent. Je désire te voir jeune, adulte puis vieille. Je désire te voir chaque seconde de chaque minute de chaque heure. Je désire me réveiller à tes côtés après un long sommeil près de toi. Je désire faire frétiller ton cœur comme tu le fais si bien avec le mien. Je désire passer mes doigts dans tes cheveux et jouer avec eux. Je désire te montrer toutes mes facettes pour pouvoir entrevoir les tiennes. Je désire partir à l'autre bout du monde en ta compagnie et regarder les étoiles danser rien que pour nous. Je désire tes bras plus que ceux de n'importe qui. Je désire te dire « je t'aime » avec les actes. Je désire ne faire plus qu'une avec toi. Je désire t'aimer jusqu'à ce que l'éternité ne dure plus. Je te désire. »

Mon visage face au sol me brûlait de malaise. Je ne savais pas comment j'avais été capable de lui dire. Elle, si parfaite et discrète, qu'allait-elle dire ? Contre toute attente, elle a juste relever mon visage, frotté son nez sur le mien et a chuchoté la plus jolie de toutes les phrases que nous avions pu prononcer jusqu'alors.

« Je t'aime pour l'éternité, et même quand celle-ci ne durera plus, je t'aimerai encore ».

Deuil

Le mal. Le vide. Le manque.

Connais-tu ces sensations ?

Le mal. Quand les larmes coulent le long de la peau, quand le seul moyen de se soulager et de se sentir mieux est de hurler, quand le mal entre et dévaste tout ce qui n'est même pas encore réparé. Le mal, cette chose indescriptible. Il détruit, tue, immobilise puis repart, en laissant tous les débris là.

Le vide. Quand plus rien ne sort, quand plus rien ni personne ne peut aider, quand on ne sait plus ressentir, quand les émotions n'existent plus, quand le vide prend place dans chaque coin. Le vide est un trou noir sans fin. Il vient soudainement, interdit l'amour, la joie, la tristesse, la colère, le dégoût et les larmes. Plus rien n'existe. Plus rien ne sauve.

Le manque. Quand un goût amer s'installe, quand les pensées ne fonctionnent plus, quand plus rien ne plaît. Le manque est une pièce disparue d'un puzzle. Et tant que cette pièce ne sera pas retrouvée, rien ne sera plus complet. Parfois, elle est retrouvée, parfois elle ne l'est pas. Le manque emporte un petit bout de soi. Dans certains cas, ce bout, aussi petit soit-il, sera à toujours emporté.

Effroi

« -C'est quoi ta plus grande peur dans la vie ? »

A vrai dire, j'avais déjà pensé à ça. Des centaines de fois même. Mais lui dire le premier soir de notre lune de miel, c'était presque déplacé. Pourtant, je me sentais obligée de lui dire. Tout le long de ma réflexion, elle ne me quittait pas des yeux, pas une seule seconde.

« -Ma plus grande peur c'est la tentation.

-La tentation ? Répéta-t-elle avec ce ton interrogatif et la tête penchée comme le ferait un enfant.

-Oui, la tentation.

Elle en attendait plus, elle trépignait d'impatience pour que je lui explique ma pensée.

-La tentation c'est effrayant. C'est même dangereux. Parce que je t'aime, ça oui je t'aime, mais nous sommes à peine âgées de vingt ans et je n'ai connu que toi. Et si la tentation arrive, si j'ai envie d'entamer une nouvelle expérience, la tentation me brûlera tellement que je serai obligée de sauter. Et je voudrais sauter parce que la tentation je ne sais pas la repousser. Mais si je saute, qu'est-ce qu'il nous arrivera ? Si je saute, tu souffriras, tu pleureras et tu me détesteras. A l'inverse, si je résiste au souffle plus que violent et que je ne saute pas, je souffrirai, je pleurerai et je te détesterai. Tu vois la tentation c'est effrayant et vicieux, alors j'en ai très peur.

-Je vois oui, et si on se laissait tenter, toi et moi, ça te ferait toujours peur ? »

Elle

Ça faisait longtemps que je l'attendais. Elle. Celle que j'aimerai pour l'éternité. Cette fille, sublime et jeune. L'attente fut si longue que mon esprit réclamait l'inconnu, puis elle est arrivée. Ce jour de pluie, elle est venue près de moi, comme la mort s'approche des personnes âgées, et de sa douce voix grave elle m'a demandé de l'abriter de mon parapluie. Quel genre de personne était-elle ? Je pris quelques secondes pour me rendre compte que son corps gelé était déjà contre le mien. Elle me plaisait ; son visage, ses cheveux, sa voix, son audace et sa froideur m'attiraient.

Et me voilà ici, dans une salle de dessinateur. Elle pose pour eux, nue et vulnérable mais fière. Son regard se porte sur moi, son visage m'envoûte. Le temps de quelques minutes, je l'observe. Elle et son corps. Elle est à ma merci et je vois ce que les autres ne voient pas : l'imparfaite perfection. Je vois ses seins disproportionnés et bancales, sa chevelure d'or tomber dans son dos, ses mains d'enfant posées sur sa fragilité et ses yeux de charmes. Elle est pour moi et sa pose m'invite presque à danser avec elle. La fin de la séance de paradis est arrivée bien vite. Son corps blanc de glace s'avança vers mon corps de feu. Comme toujours je lui tendis son peignoir de satin rouge.

« Merci, mon ange ».

Ses paroles flottent en moi, parce qu'elle ne m'appartient pas.

En un regard

Le monde dit que tomber amoureux d'une personne prends du temps, que l'amour s'apprend et qu'il est impossible d'aimer en un regard. C'est faux. Je pensais, tout comme le monde, que les gens qui affirmaient ceci étaient de simples menteurs. A présent, je sais que ce ne sont pas des menteurs. Je n'en suis pas une.

La première fois que nous nous étions vues, il m'était impossible de détourner mon regard de sa douceur. Lorsqu'elle s'était approchée et avait collé nos joues pour me saluer, son parfum avait enivré mes narines et celui-ci était resté sur moi toute la journée. Chaque mots qu'elle prononçait, chaque sons qu'elle émettait, chaque rires qu'elle faisait entendre m'enfonçait dans ces sentiments que mon cœur ressentait pour elle. Je ne voulais plus que l'on se sépare, mais elle devait rejoindre cette personne qu'elle aimait.

Ma journée s'était résumée à ces questions qui tourbillonnaient dans ma tête. Est-ce normal de vouloir la retrouver à chaque fin de cours ? Est-ce normal d'être ravie d'avoir son odeur encrée sur mon manteau ? Est-ce normal d'avoir ses paroles en boucle en tête ? Chaque trait de son visage paraissait angélique et ils ne voulaient pas quitter mon esprit. Ses yeux ensorcelant avaient fait effet sur mon être et j'avais peur de l'avouer.

Elle était amoureuse de cette autre personne. Une autre personne si laide pour elle. Je haïssais cette personne, pourtant je ne la connaissais pas. Mais elle avait cette chance que moi je n'aurai pas. Alors durant des semaines entières, je me suis épuisée à renfermer ces choses et ces sentiments qui étaient nés bien trop tôt dans mon organisme.

Et j'ai dû lui dire. Je commençais à avoir mal, à saturer de cet amour non partagé. Je voyais que ses sentiments fleurissaient toujours plus, mais pas pour moi. Un soir, très tard, j'ai fini par lui dire que j'étais amoureuse d'elle depuis le début. Elle n'a rien cru de ce que je disais et m'a rit au nez. Elle a ensuite compris, après plusieurs minutes et plusieurs questions, que je ne mentais pas.

A ma grande surprise, elle n'a pas été dégoûtée. Elle n'a pas été énervée. Non, rien de cela. Rien de ces réactions que j'avais envisagé dans tous les scénarios possibles. Elle a sourit. Elle a fait un pas en avant. Puis un deuxième. Et un troisième. Elle ne pouvait plus avancer désormais, elle était bien trop près de moi. Je sentais son souffle s'écraser sur mon visage. Je sentais l'odeur de son chewing-gum à la cerise s'éparpillait autour de nous. Elle a déposé un doux baiser sur mon front et avant de tourner les talons et de partir, elle m'a glissé à l'oreille.

« Je pensais que tu ne le dirais jamais, c'était long pas vrai ? »

Et Matt ?

15h00.

Nous étions toutes les trois épuisées, allongées sur le lit, le regard perdu dans le plafond blanc. La matinée avait été chargée entre les visites d'appartements pour Anabelle, le shopping pour Isobelle et les cafés pour déposer mes candidatures pour un emploi. A présent nous devions préparer la fête surprise pour le copain d'Anabelle.

Nous avions cherché les dernières ressources d'énergie en nous pour pouvoir faire quelque chose de satisfaisant. Nous avons tout décoré, même les toilettes, avec des banderoles argentées et des ballons de toutes tailles. Une dernière goutte de sueur chuta de mon front, nous avions enfin terminé. Isobelle courut jusqu'à la salle de bain pour être la première à se défaire de sa crasse. Comme à notre habitude, les deux autres étaient au sol et les trois parlaient ensemble. Anabelle s'était assise, appuyée contre moi, et même avec tous ces efforts qu'elle avait fait pour son copain, elle sentait toujours la vanille. Je rêvais depuis des semaines de toucher sa peau, de savoir si celle-ci était douce, rugueuse ou encore chaude, peut être froide.

Isobelle finit enfin par sortir de la douche. Nous nous y attendions déjà, elle se rua vers la chambre d'Anabelle et elle sauta sur le lit. Elle allait encore dormir.

Je fus la deuxième à profiter de l'eau chaude. Anabelle resta là, sur le sol, à me parler de temps à autre. Après un court échange, un silence s'installa. Ce n'était pas gênant, nous étions assez complices pour que ce genre de chose ne nous dérange pas.

Je l'entendais s'agiter dans la pièce mais peu m'importait, l'eau chaude me couvrait le corps et je me sentais entièrement apaisée. La tête sous le jet, les yeux clos, je sentis un air frais se glisser sur mes jambes. Il me fit frissonner. Je retirai mon visage de la chute d'eau, passai mes mains sur celui-ci et frottai mes yeux pour que l'eau ne me les brûle pas.

Et elle était là.

Anabelle se tenait là, nue. Je l'avais vu ainsi des dizaines de fois mais jamais d'aussi près. Jamais avec ce regard. Elle resta plantée là, et moi aussi. Puis elle fit quelques pas et se mit sous le pommeau. Elle entreprit de se savonner. Je restais immobile, subjuguée par son geste. Mais les gestes suivants étaient d'autant plus subjugants.

Elle prit ma main et m'attira contre son corps. Elle ne touchait que mes mains. Elle ne regardait que mes lèvres. Je ne comprenais pas. Soudain elle se pencha et posa ses lèvres sur les miennes avec délicatesse et doute. Je reculai brusquement.

«-Et Matt ?

-Il n'en saura rien. »

Elle avait raison, il n'en saurait rien. J'entrepris de l'embrasser. Cette fois elle semblait plus sûre et fugueuse. Au fil des secondes, elle rapprochait son corps au mien, jusqu'à ce que ces deux là se touchent. Ses baisers devenaient plus sensuels, son souffle devenait moins régulier et ses mains guidaient les miennes sur sa peau brûlante.

Elle se colla à l'une des parois de la douche, me laissant faire d'elle ce que je voulais. Je tenais son doux visage d'une main, sa hanche de l'autre. Mais elle voulait plus. Elle prit ma main et la décala. Sous la surprise, je me séparai d'elle un instant, elle comprit et me supplia.

«Fais le, je sais que je ne suis pas folle et que je ne suis pas la seule à le vouloir. Je t'en prie, Athéna. »

Hésitante, je repris là où je m'étais arrêtée. Je glissai ma main avec peu d'assurance mais elle ne m'arrêta pas. J'entrepris de faire ce que je savais faire de mieux : lui donner du plaisir. Je l'embrassais toujours plus pour camoufler ses gémissements. Après de longues minutes, son corps se détendit complètement, elle venait d'atteindre l'apogée de son plaisir.

Elle resta collée à ma peau avant de se préparer à sortir de la cabine de douche. Un pieds en dehors, l'autre dedans, sans se retourner, elle brisa le silence.

« -C'était juste pour cette fois ?

-J'en sais rien, c'était juste pour cette fois ?

-J'en sais rien. »

Étoile filante

« Il fait trop froid, rentrons s'il te plaît. »

Elle a toujours froid, même sous la couette quand il fait trente cinq degrés, alors je savais que nous n'allions pas rester allongée assez de temps dans le hamac pour voir la pluie d'étoiles.

Elle s'était assise sur la banquette sous la fenêtre renforcée, enveloppée dans quatre plaids. Deux mèches de cheveux couleur charbon dépassaient de ses couvertures entourant son parfait visage de neige aux joues rosées. Je suis venue m'installer à ses côtés, accompagnée de deux tasses de chocolat chaud avec des guimauves. Beaucoup de guimauves.

Elle m'a accueilli dans son cocon de chaleur et elle a pris une gorgée de la boisson. Celle-ci lui a laissé une trace de lait sur le haut de la lèvre. J'ai passé mon doigt sur cet endroit pour enlever cette moustache éphémère puis elle a transpercé de mes yeux les siens. Ses yeux voulaient dire tant de choses et en cacher tant d'autres, mais avec le temps j'ai appris à reconnaître celui de l'amour. C'était ainsi qu'elle me regardait à l'instant même. Elle était mienne depuis quelque temps à présent mais je me demandais toujours comment il était possible qu'elle m'aime moi. Elle est mon étoile et mes jours sans elle ne sont que néant.

Elle a tourné le visage puis elle s'est nichée contre moi. J'adore lorsqu'elle se blottit de la sorte, son corps gelé rappelle au mien de ne pas brûler à chacun de nos contacts. Pourtant ses baisers me brûlent plus que le feu lui-même.

Des étoiles illuminaient le ciel mais la pluie n'avait toujours pas lieu. Son nez se fronçait d'impatience et soudain, une lumière a traversé le ciel noir. Je lui ai dis de fermer les yeux et de faire un vœu. Les vœux sont censés se faire dans les pensées, mais elle ne respecte jamais cette règle.

« Mhhhh... Je souhaite que ton cœur d'artichaut ne m'abandonne jamais pour que nous puissions avoir l'avenir dont nous parlons sans arrêt. »

Et moi, je souhaite plus que tout qu'elle reste ici, blottit contre moi à rire à mes blagues les plus nulles. Elle m'a tendu son visage, et ses lèvres pour que j'y dépose les miennes. Elle a toujours un goût sucré, un goût de miel.

Fête hivernale

Nos familles étaient toutes deux parties à l'étranger pour noël mais nous n'avions pas pu les suivre. La grossesse ne nous permettait pas de prendre l'avion.

Que faire pour noël avec un réfrigérateur presque vide, un froid glacial et sans meuble dans notre nouvelle maison ?

Je me suis dis qu'un restaurant serait une bonne idée, mais il n'y avait de la place nulle-part. Seuls quelques fast-food étaient ouverts, cependant je ne voulais pas manger dans ce genre d'endroit pour notre troisième noël.

Fatiguée par cet être grandissant en elle, elle était partie dormir. Alors je lui avais préparée une tenue avec sa robe rouge satinée et ses petits talons verts. Elle avait prévu cette tenue en septembre lorsque nous ne savions pas encore que nous fêterions noël sans nos familles.

J'avais commandé chez son fast-food favoris, j'avais monté la table basse et sorti nos coussins pour pouvoir s'asseoir. J'avais également trouvé nos chandeliers et nos longues bougies blanches. Je les avais donc disposées sur la table basse.

J'avais pris soin de demander au livreur de ne pas sonner pour ne pas la réveiller, ce qu'il a respecté. Je lui ai payé ce que je lui devais. Je suis remontée poser la nourriture sur la table puis j'ai allumé le tourne-disque pour écouter son chanteur préféré.

Et elle est arrivée, habillée dans la robe que je lui avais sortie. Je l'ai faite danser quelques minutes puis elle a voulu manger. Ce que nous avons fait.

Je n'avais rien à lui offrir : tout était caché chez ma mère et je n'avais pas les clés. Je m'en voulais mais elle, elle restait lumineuse et riait à chacune de mes blagues, aussi nulles soient elles. C'est pour ça que je suis tombée folle amoureuse d'elle : sa simplicité, sa folie et son amusement dans chaque situation. Elle a tendu son visage pour que j'y pose un baiser puis elle s'est nichée contre moi.

« Je crois que c'était l'un des meilleurs Noël de mon existence. »

Feu d'artifice

La première explosion dans le ciel m'a faite sursauter. Elle aussi a sursauté.

Les nombreuses lumières explosaient dans le ciel noir mais je n'y prêtais aucune attention, parce que celles-ci illuminaient son visage. Je ne pouvais pas le voir entièrement puisque ma tête était sur son épaule. Je la serrais contre moi, mon torse collé à son dos et mes bras autour de sa taille montraient qu'elle m'appartenait.

Tout était noir, sauf elle. Le feu d'artifice n'illuminait qu'elle. Son regard concentré sur les étoiles artificielles me fascinait ; comment pouvait-elle être si douce et apaisante en étant concentrée, sans paraître dérangée ou énervée ?

Chaque fois que les yeux des autres se posaient sur elle pendant la soirée, je la serrais encore plus fort. J'avais si peur qu'elle m'échappe, qu'elle me soit volée ou même qu'elle soit attirée par l'inconnu. Pourtant, ici même, les gens ne la regardaient pas et j'en étais presque étonnée. Ne se rendaient-ils pas compte qu'une lumière était là ? Près d'eux ? Et non dans le ciel si haut d'atteinte ? Ils ne la voyaient pas et ça m'énervait plus que les regards voulant me la prendre.

Je voulais qu'ils la remarquent, elle, la divine jeune fille dans mes bras. La perfection à l'état humain. Mais ils regardaient tous le ciel, comme si il était plus beau qu'elle. Comme si les lumières brillaient plus qu'elle.

Mais elle était la lumière, ma lumière. Ce n'était pas le feu qui l'illuminait mais elle qui illuminait le feu.

Elle se retourna, puis me fit le plus beau des sourires. Elle ne me touchait jamais, je devais chaque fois faire le pas à sa place mais cette fois, elle m'embrassa d'elle même et mon corps entier se mit à trembler de surprise, ou d'amour, ou de surprise amoureuse.

Halloween

La soirée de Halloween était maintenant terminée. Je devais rentrer à la maison, seule. Ma femme était rentrée avant moi ; elle avait dit être fatiguée et vouloir se reposer, ce que je comprenais. Lorsque j'ai ouvert la porte de notre maison, toutes les lumières étaient éteintes. Ça ne me troublait pas puisque ma compagne avait simplement dû s'endormir. Je suis allée prendre une douche puis je suis entrée dans la chambre. Les lumières, ici aussi, étaient totalement éteintes ce qui me paraissait étrange : elle détestait dormir dans le noir complet. J'ai soulevé la couette, me suis glissée dans le lit puis je l'ai entouré de mon bras.

La nuit elle s'est levée pour aller aux toilettes. Trois minutes sont passées, cinq se sont ensuite écoulées et dix m'ont inquiétées. Je suis sortie de notre chambre et j'ai été surprise de voir toutes les lumières éteintes, même celle des toilettes. Je suis descendue, méfiante de ce qui pouvait m'arriver. J'ai visité toutes les pièces de la maison et personne n'était là. J'étais seule, dans notre manoir de maître, et je me suis soudain sentie très mal à l'aise. J'étais tout de même heureuse que notre fils ne soit pas à la maison : comment aurais-je réagi ?

J'ai téléphoné plusieurs fois à ma compagne mais celle-ci ne répondait pas. Je suis restée trente minutes dans notre cuisine, puis j'ai entendu le grincement de la porte en bois. J'ai éteins la lumière et me suis armée d'un couteau. Lorsque la personne est arrivée dans la cuisine, j'ai appuyé sur l'interrupteur et j'ai reconnu ma femme de dos. Sur ses épaules se tenait sa veste de sport grise et sur ses jambes était posé un jean. Elle a sursauté et m'a expliqué qu'elle ne pouvait pas répondre à mes appels parce que son téléphone n'avait plus de batterie et qu'elle s'était reposée chez sa mère, pour aller voir notre enfant pendant que je m'amusais. Mais alors qui avais-je enlacé dans le lit ?

Elle joua la comédie quelques instants puis quand les larmes me sont montées, elle a explosé de rire. Je ne comprenais pas ce que cela voulait dire.

« Oh mon amour je m'excuse, tu m'avais raconté que c'était l'une de tes plus grosses peurs quand on était au lycée et je m'en suis souvenue. Je voulais juste te faire une blague ! Viens ici, je ne le ferai plus jamais. »

Elle m'a entourée dans ses bras et elle a déposé des milliers de baisers sur mon visage.

Hiver

«J'aurai dû mettre un manteau » ai-je dit en claquant des dents. Nous étions sorties avec mes amies pour boire une boisson chaude, mais je n'avais pas prévu ce froid glacial. Quand nous sommes arrivées, une fille lisait à la table d'à côté. Mes yeux n'arrivaient pas à se détacher de sa beauté. Elle ressemblait aux magnifiques sorcières décrites dans les contes de fées. Ses cheveux noirs ondulés sur son buste mettaient en valeur sa peau de porcelaine. Ses lèvres et ses joues étaient rosées par le froid et ses yeux vert semblaient faux. Ses mains ornées de bagues violettes, vertes, bleues, blanches et noires tenaient ce livre que j'avais détesté lire l'an passé.

Je grelottais pendant que mes amies plaisantaient sur ces regards que je lui lançais, comme des signaux pour qu'elle me remarque, mais elle était de toute évidence plongée entre ces lignes. Elle ne voyait rien d'autre.

Je pris une gorgée de mon café à la vanille et je remarquai que ses yeux n'étaient plus sur ces pages, mais sur moi. Elle aussi me regardait maintenant, mais quand je voulus croiser ce regard pour y comprendre quel genre de personnage elle était, elle a fui avec un sourire timide sur les lèvres.

Elle a demandé l'addition et a attendu que le serveur vienne la lui donner. Elle est entrée dans le café, avalée par la chaleur de l'intérieur et elle est ressortie quelques minutes après. Elle a sorti une serviette de papier ivoire et un stylo doré avec des initiales gravées dessus. Je ne pouvais pas les déterminer, elle était bien trop loin. Elle a écrit quelque chose sur l'essuie-mains qu'elle a remis dans la poche gauche de son long manteau de feutrine noir. Elle a ouvert délicatement son sac à main et y a rangé le stylo d'or. Son sac est venu se placer sur son épaule une fois refermé puis elle s'est arrêtée à notre table.

Elle a retiré son manteau avec toute la douceur du monde réunie et elle me l'a tendu. Je n'ai pas su répondre tant elle était charismatique. J'ai attrapé la lourde veste et l'aie enfilé sur mon dos. J'ai alors senti son parfum. De la fraise mélangé à quelque chose d'autre, je n'arrivais pas à savoir à quoi. Elle est partie après m'avoir posé un baiser sur la joue. J'aurai dû la retenir mais j'étais pétrifiée à l'idée de l'importuner. Alors je l'ai regardé partir et je me suis souvenue qu'elle avait glissé un mot dans la poche du vêtement. J'ai déplié la serviette et sur celle-ci était écrit d'une écriture ronde et imposante un numéro de téléphone avec un prénom. Une de mes amies s'est penchée pour voir ce qu'elle avait écrit.

« Tu devrais envoyer un message à Victoria pour lui rendre son manteau et l'inviter quelque part je crois bien. »

Horrifique

Halloween, je détestais ça, mais elle, elle adorait, surtout regarder des films d'horreur. Elle avait vu une série qui paraissait horriblement horrifique et elle avait attendu toute la journée pour que l'on s'installe dans le canapé et que l'on regarde ça en mangeant des glaces à l'eau. Emmitouflées dans une couverture et dans les bras l'une de l'autre, nous avons lancé la série. L'ambiance ne me plaisait pas mais l'histoire avait l'air plutôt intrigante. Me serrant toujours plus contre elle au fil des minutes, j'avais tendance à sursauter même quand ce n'était pas légitime.

Au troisième épisode, on entendit la sonnette de notre pavillon. Elle rit face à ma frayeur puis prit les bonbons afin d'en donner aux enfants qui faisaient du porte-à-porte. Elle revînt, les bonbons toujours dans les mains. « Il n'y avait personne, c'était sûrement une blague. » m'annonça-t-elle. Nous sommes retournées à notre série et quelques minutes après, la sonnette a retenti de nouveau. Alors elle prit des sucreries mais encore une fois, personne n'était là. Cette blague commençait à l'énerver et à m'effrayer. Avant que nous ne puissions remettre la série en route, un bruit de porte se fit entendre. Pourtant, toutes nos portes étaient toujours fermées à double tour. Nous nous sommes regardées quelques instants, elle aussi avait peur. Nous nous levâmes en même temps, cherchant quelque chose pour nous défendre. Elle a empoigné une lampe de chevet puis nous avons avancé sans bruit sur la pointe des pieds. Toutes les lumières étaient allumées, je refusais de les éteindre.

Dans la cuisine, l'ampoule était éteinte mais j'étais sûre qu'avant de regarder la série, elle ne l'était pas. La maison était plutôt chaude mais là, un vent glacial s'y engouffrait. Elle alluma la lumière.

La porte arrière était grande ouverte et des empreintes de boue tâchaient notre carrelage bleu. Rien n'avait bougé, rien n'avait été volé.

Nous avons appelé la police, terrifiées. Dès leur arrivé, ils ont relevé les empreintes et, en regardant si la porte avait été forcée, ils nous firent remarquer qu'une paire de bottes pleines de boue avaient été abandonnées là. Elles ne nous appartenaient pas.

A l'étage, les policiers qui étaient montés se mirent à crier et ceux qui étaient restés avec nous nous mirent en sécurité dans le salon. Ils finirent par redescendre avec un homme vêtu tout de noir et cagoulé. Il était armé d'un couteau et d'un pistolet, à bille avons-nous appris quelques jours plus tard. Les policiers retirèrent sa cagoule. Ce visage, je le connaissais depuis des années.

« -Attendez ! Je le connais.

-Qui est-ce ? Demandèrent les policiers et ma conjointe, plutôt surpris.

-C'est mon ex-mari, j'ai fuis parce qu'il me battait et me violait. Je suis partie quand il m'a fait avorter de force.

Plantant son regard dans le mien, il sourit.

-Je t'avais dis que si tu partais, peu importe où, je te retrouverai et te tuerai. »

Interdit

Depuis petite, les adultes me disent que l'amour se résume à la tendresse, aux ressentis et aux sentiments que deux personnes ont l'un pour l'autre. Et depuis petite, les adultes représentent cet amour par une femme et un homme. Alors depuis petite, je cherche comme ma mère, ma sœur ou encore ma tante l'homme de ma vie. Je ne trouve aucun garçon intéressant, aucun garçon beau, aucun garçon tendre, aucun garçon correct. Les adultes aiment dire que c'est à cause de mon âge, alors j'essaie de m'intéresser à ce garçon de ma classe. Et j'ai fini par l'embrasser ; j'ai couru pour rentrer à la maison et je me suis effondrée.

J'ai demandé à cette amie de venir me consoler, et elle est venue. C'est la plus jolie de mes amies : ses cheveux sont très sombres mais de framboise au-dessous, sa peau est de transparence l'hiver et beige l'été, et ses yeux sont une lumière dans le noir. Je déteste que les gens me touchent mais comme elle est ma meilleure amie, j'aime lorsqu'elle me prend dans ses bras et qu'elle s'amuse avec mes cheveux.

Je lui ai tout racontée puis elle a insinué cette chose que personne ne doit dire. Cette chose qui est interdite. Cette chose qui reflète au fond mon regard. Je ne pouvais pas imaginer être cette chose parce que ce n'est pas permis ici bas. Nous en avons parlé durant une heure entière puis elle a fait cette proposition que l'on est censé proposer aux gens pour qui l'on ressent la définition de l'amour donnée par les adultes.

Je devais y réfléchir, pour qui allais-je passer si ça venait à se savoir ? En réalité, elle ne m'a pas laissé réfléchir. Tout d'abord elle s'est approchée, et elle a collé son front au mien. Nous sommes restées ainsi plusieurs minutes, les yeux de l'une transperçaient ceux de l'autre. Elle a ensuite pris de ses mains chaudes ornées de bagues à chaque doigts mon visage de frileuse. De ses pouces elle a caressé mes joues puis quand elle a senti l'accord dans mon regard, elle a clos ses yeux et a déposé ses lèvres sur les miennes. Son baume à lèvre avait un goût de vanille, ou de miel. Quand elle s'est retirée, j'ai basculé en avant, je n'avais pas envie d'être séparée de ce baiser. Elle a souri, et elle a recommencé ce qu'elle venait de faire, mais plus longtemps cette fois.

Nous avons arrêté d'enfreindre les règles à contre-cœur et nous sommes restées proches. En un souffle je pouvais ouïr ce qu'elle disait et inversement. Elle s'est raclée la gorge et

m'a avouée cette chose que j'avais peur d'avouer moi aussi.

« C'est peut être interdit comme tu dis, mais enfreignons cette règle je t'en prie. J'ai attendu ça tant de temps que je ne veux plus que cette interdiction existe encore dans notre monde ».

En simple réponse, j'ai embrassé le bout de son nez, je ne voulais pas respecter cette interdiction non plus après tout.

Je n'en veux pas

« Parlez-lui pour qu'elle connaisse votre voix, vous verrez elle réagira ! » mais je n'avais aucune envie de la sentir réagir. Je détestais la sentir gesticuler entre mes organes.

J'étais tombée enceinte après mon mariage, le bébé était prévu. Nos famille avaient tellement hâte d'être unies de cette façon. Lorsque j'ai su que l'essai était une réussite, les larmes avaient coulé. Non de joie, plutôt d'effroi.

Plus les mois passaient, plus je voulais l'arracher de son cordon. Les autres mères me disaient que mes réactions étaient normales, elle me juraient presque que le jour j, dès que ma progéniture serait posée sur mon ventre, je l'aimerai à en vivre pour elle.

Alors je préparais sa chambre, j'achetais compulsivement et j'espérais l'aimer. Elle qui n'avait rien demandé, qui souhaitait simplement se montrer. Et dans quelques jours, quelques semaines tout au plus, elle allait se montrer. J'allais souffrir durant des heures, hurler sur tout le personnel, me faire piquer par une aiguille plus grande que l'enfant qui grandit en moi pour enfin me faire déchirer le vagin. L'accouchement. Grand mot effrayant et repoussant.

Et j'y étais arrivée. Elle était prête à se présenter à nous. La douleur était bel et bien invivable mais le bébé était très bas. « Vous êtes déjà complètement dilatée, elle est pressée de voir sa maman ! ». Et moi aussi j'étais pressée qu'elle sorte. D'enfin être capable de l'aimer et de vivre pour elle.

Après vingt minutes à peine, je l'entendis hurler à cause de l'air qui abîmait ses poumons purs. Les médecins l'ont posé brutalement sur ma poitrine.

Soudain, le néant.

En la voyant, aucune émotion ne me parcourut. Je la trouvais laide, déroutante, ce n'était pas mon bébé. Je voulais qu'ils l'enlèvent, qu'ils la prennent et ne la ramènent jamais. Je ne l'aimais pas. Je n'en voulais pas.

Je t'accuse

Nous jouions depuis déjà quelques heures à ce jeu où personne ne gagne et personne ne perd. C'était un jeu que j'avais crée étant enfant et je n'y avais pas joué depuis la primaire. Mais nous avions regarder un film qui parlait d'accusation et le jeu m'était revenu à l'esprit. Il suffisait d'accuser l'autre sur une vérité.

Je lui ai expliqué la règle et j'ai commencé pour lui donner un exemple ; je lui ai dit que je l'accusais de lire que des histoires d'horreur. Elle a rit, elle trouvait ce jeu ridicule et sans but. Moi je le trouvais intéressant pour savoir ce que l'une connaissait de l'autre. Le jeu a ainsi duré puis les idées se faisaient de plus en plus dures à trouver. C'est à ce moment qu'elle a commencé à aimer le jeu.

Je l'accusais de tout et n'importe quoi tout comme elle le faisait pour moi. Et comme à chaque jeu, nous n'étions pas d'accord alors pour avoir raison, elle a glissé ses mains sur mes côtes et y a fait danser ses doigts pour que ma peau sensible me fasse émettre des rires tous plus laids les uns que les autres. Elle s'amusait à m'embrasser chaque fois que j'essayais de riposter. Je faisais exprès pour recevoir de ses lèvres les plus doux des baisers ; elle ne le faisait jamais d'elle même habituellement.

Elle a arrêté de faire danser ses doigts pour laisser ses mains immobiles là où elles étaient. Elle continuait de m'embrasser sans nous laisser le temps de reprendre nos souffles. Mais ce moment ne se reproduirait pas avant des mois voire des années, peut être même des décennies, alors je la laissais faire.

Tout ce qui était autour, les livres, les meubles, les vêtements, les peluches, les draps, les oreillers, avaient totalement disparu. Il ne restait plus que nous deux, en fusion, sur ce lit de bois. Pour la première fois, je n'ai pas eu l'impression de la déranger en l'embrassant.

Elle a retiré son visage du mien et elle n'a rien dit pendant plusieurs minutes. Elle regardait chaque trait de mon visage, comme si elle me découvrait de nouveau, et moi je me noyais dans ses yeux de lumière que j'aimais tant. Jamais plus je ne voulais vivre sans elle, jamais plus je ne voulais respirer un autre parfum que le sien, jamais plus je ne voulais goûter à d'autres lèvres. Elle serait suffisante pour le reste de mes jours. Elle arrivait à me surprendre chaque matin, chaque midi, chaque soir. Elle était si imprévisible et si prévisible à la fois.

Elle a sourit, les yeux plongés dans mon regard amoureux, et elle a passé une main dans mes cheveux.

« Je t'accuse de m'aimer si fort que jamais tu ne te passeras de moi. »

Elle a gagné la partie.

Je te supplie de rester

« Pourquoi est-ce que tu pleures? »

Je ne mettais pas rendue compte que je pleurais. Nous venions de hausser le ton l'une sur l'autre, puis l'énervement avait cessé. Elle m'avait ouverte ses bras pour que je m'y réfugie et une pensée horrible s'était logée là, au milieu de mon crâne.

« Je te supplie de rester à mes côtés pour l'éternité. Parce que le temps de cinq minutes je me suis imaginée dans ce même lit, sans toi, après une dispute. Je me suis imaginée que tu m'aurais abandonné toi aussi par fatigue d'être avec une personne si peu stable. Mais bien au contraire, tu t'es calmée et tu as mis ta colère de côté pour calmer mes insécurités. Tu m'as ouverte tes bras une énième fois pour que je me sente aimée et tu as posé des baisers sur mon front pour me prouver ton affection. Pour me montrer que tes sentiments ne peuvent pas partir du jour au lendemain, en un seul désaccord. Tu as la patience et la douceur que personne d'autre ne peut avoir et tu me laisses ressentir des émotions négatives sans me dire que j'abuse. Sans toi mes sentiments n'existeraient plus, mes émotions seraient perdues et mes pensées se résumeraient à un trou béant sans fond. Tu es ma lumière dans la pénombre que crée ma santé. Tu es mon essence. Alors je te supplie de rester, de m'aimer chaque jour de ta vie peu importe la situation, de toujours me calmer et me rappeler que j'ai le droit d'être épuisée par le monde sans m'en vouloir et de toujours prendre de soin de moi comme tu le fais à l'instant même. »

Elle m'a regardé longtemps avant de me dire qu'elle m'aimait bien plus fort que les étoiles et de déposer un tendre baiser sur ma tempe.

La fille d'eau

Athéna avait toujours eu beaucoup d'imagination. Elle voyait tout et n'importe quoi sans arrêt : les nuages ressemblaient à des animaux, les cailloux prenaient des airs de cœur ou de maisons, l'herbe était comme des vagues... Chaque jour elle trouvait des ressemblances dans le monde qui l'entourait.

Ce matin nous étions parties très tôt, elle voulait aller à la mer. Je l'amenais souvent là-bas, nous y étions attachées, sa défunte mère venait ici dès qu'elle pouvait. Nous avions mangé un fast-food sur le sable, entre rires et taquineries. J'avais ensuite sorti son sac de la voiture pour qu'elle ne s'ennuie pas. Je ne savais même pas ce qu'elle avait pris, à six ans elle était capable de savoir ce dont elle avait besoin.

Elle dansait pieds nus sur le sable, comme sa mère le faisait des années auparavant. Elle restait pendant des heures les pieds dans l'eau, frappée par le vent plutôt violent. Et moi je l'observais au loin. L'élever était dur, elle me rappelait à chaque seconde mon épouse avec son caractère bien trempé et les traits de son visage semblable au sien. Mais lors de la naissance d'Athéna, elle avait perdu trop de sang et elle avait fini par lâcher prise. Bien sûr, j'aimais ma fille si fort que j'étais capable de tout pour elle, pour qu'elle continue de sourire et de rire aux éclats, mais parfois, en la regardant, mes yeux pleuvaient.

Elle se retourna face à moi et courut, la malice aux lèvres. Elle prit ma main dans la sienne et me fit courir jusqu'au bord de l'eau.

« -Maman ?

-Mhhh ?

-Regarde l'eau, on dirait une fille. »

L'eau camouflait mes pieds lors de ses allers-retours. Je restai là, piégée dans mon corps fermé. Des perles salées pourrissaient mon visage et me donnaient froid. Elle avait raison, l'eau ressemblait à une fille.

« -Maman pourquoi tu pleures ?

-Parce que cette fille que forme l'eau, on dirait ta maman.

-Au moins je l'aurai vu à travers l'océan. Tu penses qu'elle m'aurait aimé ?

-Elle t'aime Athéna, elle est toujours là, dans l'océan. »

La fille derrière la vitre

Depuis quelques semaines, je travaillais dans une galerie marchande. Je voulais mettre de l'argent de côté pour ma vie future. Je n'avais aucun projet mais je savais une chose : je voulais un appartement. Alors j'étais devenue une vendeuse en deux ou trois étapes. Je n'aimais pas cette façon qu'avaient les gens de me regarder comme si je valais moins qu'eux. Alors je détestais me lever le matin pour être aimable toute la journée avec des personnes qui ne me regardaient même pas.

C'était le dernier jour de la semaine, ce soir je serai en week-end et cette idée me motivait plus que n'importe quelle autre. De ce fait je courrais partout, je faisais mes tâches et celles de mes collègues puis quand je fus postée à la caisse, je m'immobilisai.

Une fille, de l'autre côté de la vitre, était adossée contre celle-ci. Des fils d'écouteurs sortaient de ses cheveux noirs attachés en un chignon qui laissait apercevoir des cheveux rouges dessous. Elle était telle une poupée de porcelaine : la même couleur de peau, les joues rosées, les yeux très clairs, une bouche aussi pulpeuse que douce et un nez retroussé à embrasser. Ses mains étaient à moitié cachées dans ses manches de pull et ses doigts, tous habillés de bagues de couleurs, pianotaient sur son écran.

Je n'en oubliais pas pour autant mon travail, mais je ne regardais ni les articles ni les clients, je la regardais elle. Elle m'attirait si fortement que je voulais quitter mon poste pour aller la voir, mais c'était interdit. Quand une collègue est passée derrière moi, je lui ai demandé si elle savait qui elle était. Comme si elle pouvait le savoir… Et surprise de l'entendre, en effet, elle la connaissait. C'était la fille de notre patronne. J'ai cru tomber en entendant cette bêtise, mais ce n'en était pas une. Lorsque notre supérieure est venue nous voir pour nous confier la fermeture du magasin, elle a rejoint sa fille et elles sont parties ensemble.

Le soir même, je me promenais sur les sites de rencontre que j'avais installé par ennui. Mais aucune fille ne valait celle de ma patronne, alors j'ai allumé la télévision et j'ai regardé ces dessins-animés nuls que les enfants d'aujourd'hui adorent. Mon téléphone a fait le bruit d'une goutte d'eau pour m'avertir que j'avais une notification. Il s'agissait d'un de mes réseaux sociaux. Quelqu'un que je ne connaissais pas voulait m'envoyer un message, alors je l'ai lu et mon sourire s'est de suite étendu sur mon visage. J'aurai une nouvelle raison de retourner travailler mardi matin.

« Ma mère m'a dit que tu étais l'une de ses meilleures vendeuses, alors elle m'autorise à être intéressée, quand est-ce que tu es libre ? »

L'arbre

Quel âge peut-il avoir ? Tellement d'élèves ont dû l'observer. Lui. Le grand. Le fort. L'imposant. A-t-il déjà été une simple graine ? Si petit que même les enfants se moquaient de lui ?

Cet arbre a l'air si fort, il me semble qu'il ne craint rien. Cependant, il n'effraie pas, au contraire. Le grand a l'air doux, aimant, calme, protecteur ou encore sage. N'a-t-il jamais été enfant ?

Combien d'homme l'ont maltraité? Combien d'oiseaux y ont fait leur nid ? Combien d'écureuils s'y sont cachés ? Combien d'insectes le trépignent chaque jours ? Combien de feuilles ou de branches a-t-il perdu ?

Ô doux et bel arbre, parfois j'aimerai que tu prennes vie, que tu transperces cette vitre de tes branches, que tu m'emportes et que tu me protèges tout comme tu protèges ces volatiles et ces petites boules de poils.

Te rends-tu compte sue j'écris un texte sur toi, grand arbre ? Et que j'espère au fond de moi un jour te prendre dans mes bras ? Suis-je folle ? Non, je ne crois pas, ou peut être folle de toi.

Le départ

Elle et moi venions de passer un mois et demi sans arrêter de se voir. Nous vivions chez elle, puis chez moi, puis de nouveau chez elle. Mais ce soir je devais partir pour un week-end familial de quatre jours. A mon retour, elle serait en route pour le sud. Nous allions nous quitter pour quinze jours entiers. C'est-à-dire trois cent soixante heures, vingt-et-un mille six cent minutes, ou encore un million deux cent quatre vingt seize mille secondes.

Le matin même je ne réalisais pas encore totalement que durant quinze jours je n'aurais plus sa présence à mes côtés.

C'est seulement quand les cloches ont sonné dix sept heures que, soudain, la tristesse s'est installée dans mon corps. Allongée contre son corps chaud, je luttais pour que les perles d'eau salée ne quittent pas mes yeux. Je la serrais de plus en plus fort comme pour l'empêcher de m'échapper, mais ça ne servait à rien : ses parents arriveraient d'une minute à l'autre et alors je n'aurai pas d'autre choix que de lui dire au revoir.

Elle ne semblait pas tant affectée alors quand elle dut partir, je fis redescendre mes larmes dans ma gorge pour que celles-ci forment une boule qui remonterait une fois la porte fermée.

Mes lèvres ne voulaient plus lâchées les siennes et mes mains désiraient rester collées à ses joues pour l'éternité mais je pouvais apercevoir son impatience de partir. Alors après un dernier baiser rempli d'amour sincère et de nos dernières paroles d'amoureuses, je l'ai laissée partir pour qu'elle rejoigne la voiture qui l'attendait.

Je lui ai fait signe, accompagnée de mon chat, puis j'ai clos la porte et la boule dans ma gorge est remontée.

Quinze jours, trois cent soixante heures, vingt-et-un mille six cent minutes, ou encore un million deux cent quatre vingt seize mille secondes loin d'elle me semblent impossible lorsque une nuit sans elle me remplit de vide.

Le jeu amoureux

Quel drôle de jeu est l'amour ! Ce jeu si beau a des règles variantes selon les joueurs.

Le nôtre est pur, sain, réconfortant, même apaisant.

Dans ce jeu, l'un est l'être aimé et l'autre est l'être qui aime, puis parfois les rôles sont inversés.

Dans notre règle, Cupidon a décidé que nous ne saurons rien sur nos rôles avant que l'une tombe follement amoureuse de l'autre.

Les règles énoncent également des interdits, et gare à celui qui les franchit !

Chaque partie du jeu est divisée en trois temps.

Le premier est surnommé « commencement » et dure au plus six mois. Il s'agit du temps le plus passionnant dans le but de connaître l'autre et tomber violemment amoureuse.

Le deuxième est surnommé « difficultés » et dure lui aussi quelques mois, des mois qui se prolongent ou non selon les joueurs choisis. Il porte ce surnom parce que la partie du jeu se froisse et parfois tout se brise.

Le troisième est surnommé « finalement », elle est l'étape la plus dure d'atteinte. Elle dure plusieurs années, parfois toute la vie et d'autre fois pour l'éternité. Lorsque cette étape est enclenchée, le jeu amène des projets bien plus grands que ceux précédents.

Lorsqu'une partie se termine, l'être aimé part et l'être qui aime reste, un trou béant dans la poitrine recousu par les jours, les mois et les années. L'être aimé ne prendra aucune précaution pour commencer une autre partie tandis que l'être qui aime aura des doutes pour les rares suivantes.

Le jeu de la bouteille

Le liquide magique coulait dans mes veines depuis le début de la soirée. Je ne contrôlais plus mes mouvements, j'ondulais et mes cheveux bougeaient dans tous les sens.

Mon amie m'avait forcée à venir chez cette fille riche et populaire que personne n'aimait réellement. Je n'avais jamais bu avant ce soir mais je devais avouer que sentir cette substance se mélanger à mon sang me plaisait. Je me sentais libre et la honte avait totalement disparu de mes gènes. Je balançais mes hanches en rythme avec la musique. Puis mes yeux se sont posés sur ce groupe d'amis qui venait d'arriver. Elle est entrée en dernière.

Sa longue robe de satin noir lui allait comme un gant. Ses cheveux noirs tressés laissaient voir son doux visage d'ange et ses yeux qui reflétaient dans la pénombre. Les lumières de toutes les couleurs vrillaient de partout mais elle était la principale lumière dans cette maison.

Je m'étais arrêtée de danser au milieu de cette foule, puis le jeu préféré de tous a commencé dans la cuisine, là où il y avait le plus grand placard.

Le jeu de la bouteille.

Nous étions une vingtaine de personnes en rond, assis sur un grand tapis luxueux, et la propriétaire du lieu a fait tourner la bouteille. Elle s'est arrêtée sur la fille de tout à l'heure. Elle devait boire un verre ou choisir une personne pour les sept minutes de paradis. Elle a choisi la personne, alors la bouteille a de nouveau tourné. Mon amie l'a arrêté sur moi, avec son sourire en coin et ce clin d'œil qu'elle adorait faire.

Elle s'est levée puis a attendu à la porte du placard. J'ai réfléchi un instant puis je l'ai suivi. Une fois la porte fermée, une aisance s'est installée sur son visage. Elle s'est approchée si près que je sentais son souffle se balader sur mon visage.

« J'ai cru que tu ne viendrais jamais à moi. »

Le pari

Nous avions fais un pari il y a deux ans ; si aucune de nous deux ne partait avant ma majorité, alors nous devrions nous fiancer. A l'inverse, si l'une de nous partait, nous devrions vendre tous les cadeaux que nous nous étions offertes. Je savais que nous allions rester ensemble pour toutes les années que nos vies nous autoriseraient, mais elle non.

Demain, j'allais avoir dix huit ans, j'atteindrai donc ma majorité. Chaque jour depuis deux ans je me souvenais de ce pari que nous avions fait, mais elle avait sûrement oublié. Jamais elle ne se souviendrait de ça, elle avait dit que c'était ridicule. Pourtant, je ne trouvais pas ça ridicule. Demain, le pari fêterait ses deux ans et j'aurai dû gagner. Mais ce ne sera pas le cas.

Mon anniversaire était arrivé plus tôt que je ne le pensais et j'espérais au fond de moi qu'elle se souviendrait de ce pari qu'elle n'aimait pas. En réalité, elle avait oublié mon anniversaire. Aucun message. Aucun appel. Rien. Et même lorsqu'elle était venue me chercher à la sortie des cours, elle ne me l'avait pas souhaité. J'étais vexée mais je ne voulais pas le lui dire. Nous avions passé l'après-midi dans son salon, chez elle, à regarder des films et à discuter du beau temps. Elle était vachement froide et gênée, comme si ma présence lui procurait du stress, et je me suis mise à penser qu'elle ne m'aimait plus. Quand elle m'a ramené chez moi, elle a même failli oublier de m'embrasser pour me dire au revoir. Je suis rentrée, en pleurs, dans ma chambre devenue trop grande à cet instant. Ma mère est venue me chercher, me demandant d'enfiler ma robe bleue irisée. Celle avec le bustier en forme de cœur perlé de billes argenté et aux manches bouffantes. Je n'avais aucune envie d'être jolie ce soir mais je me suis tout de même légèrement maquillée puis j'ai enfilé mes babies à talons noirs. J'étais très jolie, ça oui, mais pas heureuse. Elle m'a conduite à mon restaurant préféré et je m'attendais à voir mes amies et ma famille, attendant pour aller manger. Mais personne de ces gens là étaient présents. Non, juste une personne attendait devant la porte. Elle.

Elle s'était changée pour porter une robe noire satinée et des talons noirs. Elle portait un rouge à lèvre rouge et elle avait tressé ses longs cheveux ondulés. Elle souriait fièrement, loin de ses expressions de toute à l'heure. Elle nous avait réservé une table éloignée de celles des autres. Sur la table se tenaient deux grandes bougies allumées et une nappe blanche avait été repassée avant d'être posée ici. Le serveur, fort bien habillé, est venu prendre nos commandes puis nous avons mangé tranquillement. Elle n'avait pas oublié mon anniversaire, bien au contraire, elle stressait parce qu'elle avait peur que rien ne se passe comme prévu mais, à son grand bonheur, rien d'imprévu n'était venu chambouler son programme. Quand le dessert fut servi, elle sorti une petite boîte rouge de son sac. Elle me l'a tendu maladroitement.

« Je n'ai pas oublié ce pari. Cette boîte contient une alliance qui est dans ma famille depuis toujours je crois. Si tu la mets à ton doigt, promets-moi que ces fiançailles ne sont pas juste un pari, parce que je ne veux pas qu'elles soient juste un pari. »

J'ai ouvert la boîte et aie enfilé le diamant violet autour de mon doigt. Ce n'était pas un simple pari pour moi non plus.

Le pont

«Et vous, vous vous êtes rencontrées comment? »

Je m'en souvenais comme si c'était hier, mais en réalité cela faisait presque huit ans que c'était arrivé.

Je ne me sentais pas bien ce jour là, mes pensées se confondaient et j'avais pris la décision de me promener, seule. J'aimais aller sur le pont de ma ville. Celui en pierre empilées sous une pluie de jolies fleurs rosées. Je me posais souvent ici pour réfléchir, le regard perdu dans le courant de l'eau juste au dessous du pont.

Quand j'étais arrivée, des larmes mouillaient mon visage fraîchement maquillé et répandaient des traces noires sur mes joues. J'ai relevé la tête et une jeune femme se tenait là, à l'emplacement où j'aimais me positionner pour me perdre dans les reflets de l'eau. Quand elle m'a vu, elle a souri timidement et m'a cédé la place, puis elle est partie.

Mes pensées se mélangeaient, se tordaient entre elles, elles me faisaient souffrir mentalement et physiquement. Les perles salées continuaient de massacrer mon visage, de la morve coulait de mon nez retroussé et je n'arrivais plus à me souvenir depuis combien de temps je me tenais là, debout et en pleurs devant cette rivière. Je ne supportais plus la lumière du jour mais je me sentais incapable de rentrer. Puis cette fille est revenue.

Elle m'a tendu un mouchoir en tissu orné de dentelle. On aurait dit ceux de mon arrière grand-mère, aussi doux et soyeux que les siens. Je l'ai pris en la remerciant, je me suis mouchée et j'ai essuyé mes joues. Je venais de tâcher son sublime mouchoir mais elle n'était pas en colère. Elle s'est rapprochée un peu plus, comme pour établir un contact. Nous ne parlions pas mais sa présence m'était bénéfique. Je m'étais calmée sans m'en rendre compte et je n'avais plus mal nul part. Mes pensées étaient désormais claires et mon cœur s'était relâché. Comme si je pouvais de nouveau respirer alors que ma respiration était coupée depuis quelques mois, peut être même depuis quelques années. Elle a pris ma main avec la plus grande des douceurs et elle a plongé son regard au fin fond du mien. J'ai alors pu voir à quel point elle était divine. Ses cheveux ruisselaient en ondulant le long de son buste et encadraient son parfait visage de porcelaine. Ses yeux verts perçants me rendaient à sa merci et ses lèvres me paraissaient faite pour lire et citer des poésies lyriques.

« On ne se connaît pas je le sais très bien et ça peut vous paraître complètement fou, mais je refuse de vous laisser ici seule sans savoir ce que vous ferez après. Voudriez-vous venir chez moi ? Nous discuterons et puis nous pourrons peut être créer un lien. »

Ma mère m'avait répété toute mon enfance de ne jamais parler et de ne jamais suivre quelqu'un que je ne connaissais pas, mais j'avais l'impression qu'elle et moi étions liées d'une quelconque manière. Alors j'ai accepté.

Nous avons raconté ce récit tant de fois, et chaque fois je regarde l'anneau briller à son annulaire gauche, celui où une veine est directement reliée au cœur. Elle est, depuis ce jour, mienne.

Le vent

Le vent incorrigible emportait mes cheveux et me poussait si fort que j'avais peur de tomber. Nous avions rendez-vous à la bibliothèque de notre ville mais je n'avais pas prévu ces intempéries désastreuses. J'étais en avance, comme à mon habitude, et je m'étais assise loin de la porte pour ne pas sentir le froid passer sous elle, mais malgré ça, je sentais une brise sur mes chevilles. Le temps se faisait long et le vent tournait à la tempête. Je me suis soudain mise à penser qu'elle ne viendrait pas. Alors je lui ai envoyé un message, mais elle n'a jamais répondu.

Je me suis soudain retrouvée il y a trois ans au milieu de tous ces gens qui ne voulaient pas me parler. Personne ne répondait à mes messages, personne ne voulait rester avec moi, personne ne voulait me parler ni même m'approcher comme si la peste était de ma faute. Comme une enfant effrayée par un mauvais rêve je me suis réfugiée dans les toilettes et des larmes ont fait couler mon mascara. Je ne pouvais pas pleurer ici et maintenant pour si peu, et puis si elle ne venait pas ce ne serait pas grave. Je rentrerai chez moi et je trouverai réconfort dans les bras que me tend mon lit. Je suis ressortie de là et je me suis fixée une heure ; si dans quinze minutes elle ne serait pas là, alors je partirai.

Les quinze minutes sont passées plus vite que je ne le pensais et elle n'était toujours pas là. Alors je me suis levée tout doucement, j'ai ajusté ma robe et mes cheveux, j'ai pris mon sac, j'ai enfilé mon béret rouge et mes gants de cuir noir et j'ai soufflé tout l'air que contenaient mes poumons. Sans vouloir l'avouer, je faisais en sorte de gagner du temps parce que je refusais l'idée qu'elle, cette fille si adorable et aimable, me laisse comme ça.

Lorsque j'ai avancé mon pied gauche, un vent glacial est venu se glisser sous ma jupe. Elle ne m'avait pas laissé comme ça. Elle était essoufflée, comme si elle avait couru, avec à la main deux gobelets du tout petit café non loin de là. Elle m'a embrassée la joue, ce qui m'a value de devenir rouge. Comme à chaque jour, elle était superbe. Son jean bleu et son pull noir à fleurs rouges et violettes s'accordaient à la perfection et faisaient ressortir la couleur de ses yeux. Du vert presque translucide. Avec le froid, ses joues et son nez étaient de la couleur des tomates mais sa peau était, comme habituellement, de porcelaine. Elle m'a tendu un des deux gobelets avec un grand sourire aux lèvres.

« Je ne me souvenais plus de ton café préféré alors j'ai recherché dans nos messages et c'est pour ça d'ailleurs que je ne suis pas à l'heure, excuse-moi mon ange. »

Lettre d'au revoir

Mon enfant,

Cette lettre te revient tout droit de l'hôpital. Ne panique pas, je ne suis guère blessé, juste malade. Il faut dire que je suis mieux ici que dans les tranchées qui sont vraiment déroutantes. Là-bas, il fait froid et notre maigreur n'inquiète personne. Les batailles sont dures et chaque fois qu'une balle nous frôle, la mort se rapproche. Les Allemands sont fous et ne nous laissent aucun répit, mais je n'y suis plus désormais.

Revenons-en à ma maladie. Ce matin, les pronostics m'ont été transmis et, d'après les médecins, il ne me reste plus qu'un mois de pauvre vie.

Tu es maintenant assez âgée pour que je puisse t'expliquer, même si à l'âge de quatorze ans, tu n'es encore qu'une enfant. Je suis déclaré malade depuis déjà cinq mois mais les médecins sont incapables de me soigner. La maladie n'est pas plus douloureuse que le manque et le trou béant dans mon cœur qui se sont installés en moi lors de mon départ, je peux te l'assurer. La mort est longue à venir, mais elle me saisira tôt ou tard, comme l'animal saisissant sa proie.

A présent, avant que je ne m'endorme pour l'éternité, fais-moi des promesse. Promets-moi de ne verser aucune larme. Promets-moi de soutenir ta mère et Léo-Paul, ton frère, dans cet affreux moment qui ne saurait tarder. Pour la dernière promesse, promets-moi de faire ce dont tu as toujours rêvé : écrire ! Tes lettres contenant des petits passages de tes mémoires m'aident à tenir le coup.

Si je te confie tout cela, c'est que je sais que tu es assez forte et que je te fais une aveugle confiance. Une dernière chose avant que je ne termine cette lettre et que la folle maladie ne m'emmène : à la fin de cette guerre, un frère de guerre se nommant Pierre Gafé t'apportera un petit paquet emballé dans des feuilles de journaux, tu l'accueilleras comme il se doit.

Dans le paquet, tu trouveras un bracelet que ma grand-mère m'a légué quand j'avais ton âge. Fais de ta vie ton propre rêve, je te verrai de là-haut, je serai le plus fier des pères.

Je t'aime de tout mon cœur ma petite Louise.

Ton doux père, FX.

Menteuse

Mes larmes sont cachées par un joli sourire.

Ma tristesse est cachée par de belles paroles.

Mes cris sont étouffés par mes oreillers.

Finalement, à vouloir jouer avec le feu, j'ai fini par me brûler vive.

Tout est parti en fumée en un instant.

Cette soirée où j'ai voulu croire que je pouvais t'oublier, sans jamais plus y penser, mais finalement tu es encore plus encrée.

Un jour je serai capable de te parler, je pourrais te crier ma haine aussi forte qu'un « je t'aime ».

Rappelles-toi que quand tu disais m'aimer pour l'éternité, tu mentais.

Tu étais un mensonge.

Nous étions un mensonge.

Merveilleux hasard

Toutes ces personnes dans ces couloirs si étroits me mettent mal à l'aise. Des cris, des gestes brusques, de l'amusement violent, de la vulgarité et des membres sans corps fusent de partout. Les parents appellent cet endroit « le lycée », moi je préfère appeler ça « le zoo », puisque nous nous comportons comme des animaux.

Je ne suis pas seule à être mal à l'aise ; cette fille, là-bas, elle l'est. Elle tente de se cacher derrière ses pochettes de dessins mais sa peau est tellement blanche que les lumières reflètent sur elle, et alors elle en devient une.

Ses yeux rivés sur le sol, elle marchait ; puis elle trébucha ; ses œuvres d'art tombèrent à mes pieds. Cette chute ressemblait à une explosion de couleurs, certains dessins auraient même pu prendre vie. Paniquée, le visage apeuré, les mains tremblotantes, elle essayait en vain de tout ramasser. Ses excuses ne cessaient plus et j'avais perdu l'usage de la parole. Elle était tellement jolie et personne ne l'avait jamais remarqué avant. Mais moi, je l'avais remarqué.

Je finis par l'aider et son regard s'arrêta dans le mien, peu de temps mais il s'arrêta tout de même. Et elle sourit. Mon monde fut soudainement illuminé. Avoir un coup de foudre n'était donc pas une légende, un mythe, un rêve. Elle partit aussi vite qu'elle était venue et mon cœur se déchira à l'idée de ne plus jamais la croiser.

Je mis du temps à le réaliser, mais je tenais à la main l'une de ses œuvres. Une fleur était peinte à l'aquarelle rose pâle. C'était une grosse pivoine, aussi belle et douce que la peintre l'ayant dessinée. Le papier était signé à la plume. Mon amie se plaça derrière mon épaule.

« Et bien tu auras un prétexte pour revoir cette fameuse... Violette. ».

Mon monde

« Prépare-toi, prends ton temps, j'arrive dans une heure d'accord ? ».

Son stress ne faisait que de s'amplifier depuis qu'elle était retournée à la fac. Même avec tout ce temps, je n'avais jamais su comment remédier à ce fléau. Avant, mes bras suffisaient à rassurer son esprit, mais le stress avait grandi avec elle, pas mon super-pouvoir qui n'en était pas vraiment un.

Elle n'en savait rien mais je m'étais renseignée durant des semaines sur ce stress constant. J'avais parcouru des forums entiers et discuté avec de nombreuses personnes pour savoir quoi faire ou quoi dire. Un soir, une dame expliquait que pendant des crises de stress elle aimait se rendre dans des endroits calmes et agréables à regarder, comme des musées ou des poissons dans des lagons. Alors ce matin, au levé, j'avais pensé à un lieu dont elle m'avait souvent parlé : Nausicaa.

Nous n'y étions jamais allées ensemble à cause de ma peur bleue du monde marin, mais je venais d'acheter nos places et je ne pouvais plus reculer. Je ne stressais pas parce que je savais qu'elle se tiendrait à mes côtés, peut-être même avec un sourire aux lèvres !

Une heure après j'étais en route pour aller la chercher. Je m'étais assurée d'avoir ce dont elle aurait besoin en cette journée de sortie mais surtout pour le trajet. Musique : tout était prêt, elle n'aurait plus qu'à s'installer et choisir lesquelles jouer. Eau : j'avais une réserve de six bouteilles de son eau préférée qui se tiendront à ses pieds. Pull : au cas où le temps serait froid elle n'aurait qu'à tendre le bras et l'enfiler. Sachets : Elle pourrait vomir autant de fois qu'elle le voudra. Couverture : c'était celle de chez nous, sa préférée, elle aurait sûrement besoin de sentir notre espace. La dernière chose à prendre était chez ses parents : son doudou, pour dormir dans la voiture.

Le temps de quelques minutes, je me suis inquiétée. Si elle refuse d'entrer, qu'est-ce que je dois faire ? Ou si le jour choisi est le mauvais et que tout le monde venait en même temps que nous ? Aucunes craintes à avoir sur ce point : un mardi, en période scolaire, personne ne viendrait, ou ne serait-ce que très peu de monde.

Elle monta en voiture et nous partîmes à l'aventure. Si je ne lui disais pas où je l'emmenai, j'aurai été une source de stress supplémentaire alors, concentrée sur la route, je lui ai tendu nos places visibles sur l'écran cassé de mon téléphone. Son sourire apparût et nous chantâmes tout le long du trajet.

J'avais raison, il n'y avait pas beaucoup de visiteurs, l'aquarium ne serait presque qu'à nous seules.

Elle était surexcitée et détestait la file d'attente, tout de même longue à avancer.

Une fois devant les premières eaux, celles souterraines, ses yeux se mirent à scintiller. Les lumières dans les grands bassins jouaient sur son visage et y reflétaient comme dans un miroir. Les tâches semblaient danser pour elle, même sur elle. Les gens autour n'y faisaient pas attention, pourtant je ne voyais qu'elle. Elle rendait l'endroit encore plus apaisant. Je n'entendais que sa voix et je ne voyais que son corps tout petit devant ces énormes poissons. Parfois elle s'asseyait sur le sol, comme si le monde avait arrêté de tourner, et elle observait les mouvements fluides et lents des animaux marins.

Certains endroits ne lui plaisaient pas alors elle n'y passait que quelques minutes mais elle pouvait rester durant de très longs moments devant certains bassins.

Certains auraient trouvé que le temps long à ma place mais voir son corps se détendre et se détacher du monde extérieur était la plus belle des visions que l'on pouvait m'offrir.

Cependant, je n'avais qu'une hâte, c'était de l'emmener devant le plus grand des bassins de l'aquarium. Là, il y avait une raie énorme, de nombreux petits poissons, et des grands aussi. Il y en avait des magnifiques comme des laids. Je savais que l'endroit allait lui plaire plus que les précédents.

Une fois devant, elle tira ma main et se plaça juste devant la vitre. Nous étions seules dans l'immense pièce et elle laissait reposée sa main sur le verre qui nous séparait de l'eau. Si elle n'avait pas été là, je n'aurai pas supporter l'endroit, mais son visage d'enfant était de nouveau présent, alors le reste ne comptait plus.

Nous sommes restées là je crois une heure, peut être même plus. Elle refusait de partir alors j'attendais qu'elle se détache de la salle dans laquelle nous étions. Elle avait besoin de ce temps, besoin de ce moment de calme dans cette bulle sombre, éclairée par de simples lumières bleues dans l'eau, avec ces déplacements doux et soyeux devant ses yeux émerveillés.

Elle ne parlait pas, sa respiration n'avait jamais été aussi calme. C'est simplement quand elle se tourna vers moi qu'elle ouvrit la bouche. « J'aimerai tellement que le monde soit aussi reposant que cet endroit ». Je collais ma bouche sur son front et je ne pus m'empêcher de répondre. « Mon monde aussi reposant que cet endroit, c'est toi. ».

Ne pars pas

« -Pourquoi tu as si peur que je parte ? »

Elle n'a aucune idée d'à quel point cette question me fait mal. Je refuse le fait que mon passé joue à l'instant présent, avec elle. Mes yeux s'humidifiaient mais elle attendait une réponse. Une vraie cette fois, pas celle incomplète des autres jours.

« -Parce que je ne sais pas comment te retenir si tu pars. Je ne sais pas comment te montrer comme je t'aime et je n'en ai pas envie parce que j'ai peur que ça t'effraie. Les autres sont toujours mieux et chaque fois que tu parles d'une autre j'ai peur qu'elle soit plus stable, plus belle, plus intéressante, plus drôle que ma simple personne. Je ne suis jamais assez et toujours trop à la fois parce que je n'arrive pas à trouver de juste milieu. Les personnes de mon passé sont toutes parties pour une raison ou une autre à chaque fois que je retirais chacune de mes barrières sans jamais se retourner. J'ai peur à chaque instant de faire un geste déplacé ou de dire des paroles qui pourraient te froisser. Je culpabilise dès que tu ne me réponds pas, dès que tes habitudes changent, dès que tu te renfermes sur toi-même, dès que ton regard change et que ton sourire fuit parce que je sais que je suis maladroite. Et puis tu es si parfaite, regarde-toi ! Le monde est à tes pieds et je ne suis pas seule à vouloir être tienne pour l'éternité. Tu ne te rends pas compte du regard que les gens posent sur toi ; un regard admiratif et envieux. De nombreuses personnes me jalousent et me détestent parce qu'ils estiment que je ne te mérite pas. Le pire, c'est qu'ils ont raison. Je ne mérite pas l'amour et la patience que tu m'accordes parce que plus tu es patiente, plus je repousse tes limites. Je m'en veux d'avoir si peur je te le jure, mais je n'y peux rien. Je t'aime et chaque fois que j'aime, l'autre part, par ennui constant. Parce que je donne trop, je me projette trop et c'est angoissant. Voilà pourquoi j'ai peur que tu partes. Je t'aime comme jamais je n'ai aimé. »

Ses lèvres à la fraise me rappelèrent qu'elle m'avait choisi moi.

Notre mascotte

Il courait partout dans la salle, les bras tendus derrière le dos en marmonnant ces bruitages qu'il adorait faire. Ceux-ci venaient de sa mère, même si elle le niait totalement.

Cet enfant était né depuis si peu de temps mais l'affection qu'il nous donnait dépassait toutes les autres. Nos familles disaient qu'il était l'amour d'une vie parce qu'il était arrivé de l'amour sain et pur. Notre enfant créait des ondes d'amour peu importe où il était et avec qui. Les gens l'aimaient pour ça, il le savait et il aimait l'entendre de la bouche des adultes.

Lorsqu'il a pointé le bout de son nez il y a de ça trois ans, mon cœur battait si fort qu'il résonnait dans tout mon corps, comme des percussions. Je l'avais attendu si longtemps. Plus jeune j'imaginais toujours à quoi ressemblerait mon enfant, mais jamais je n'avais imaginé qu'il soit aussi beau et doux. Dès notre arrivée à la maison il avait été un bébé parfait. Le genre de bébé que les gens envient.

Il était plein de ressources; plus sa croissance se faisait, plus il devenait drôle. D'abord inconsciemment, puis il a développé un sens de l'humour très rapidement. Sa mère disait que c'était de moi ce trait de caractère, mais je suis sûre qu'il a appris ça seul.

Ce fils ressemblait à mon épouse comme deux gouttes d'eau, j'en étais jalouse mais cela voulait dire qu'il serait beau éternellement. Il avait ses yeux verts, sa peau très blanche presque translucide, la même forme de lèvres et de visage. La seule chose qu'il tenait de moi, c'était les sourcils. Je les avais détesté toute mon enfance, même mon adolescence puis le début de ma vie d'adulte. Mais lorsque j'ai vu ses poils au dessus de ses yeux, je les ai de suite trouvés parfaits.

Tout ce qu'il touchait devenait précieux et beau.

Il continuait de tourner dans la salle, ce qui faisait éclaté de rire sa mère, qui le filmait pour envoyer à nos familles. Il s'est arrêté puis il est tombé à la renverse, étourdi à force de tourner. Nous avons tous les trois explosé de rire et ma femme était si fière d'avoir capturé ce moment de vie hilarant que nous avons regardé la vidéo une dizaine de fois.

« Je suis la mascotte de la famille ! »

Nous avons échangé un regard. Mais où avait-il appris ce mot et son sens ?

Paroles perdues

Toutes ces fois où les paroles se perdent dans l'air, où vont-elles? Pour ma part, j'ai ma petite idée.

Elles vont là où personne n'ose aller. Là où personne ne connaît. Là où les gens se perdent chaque fois qu'ils y vont. Cet endroit n'a pas de nom, juste une appellation. Le fond de soi.

C'est un endroit sombre, mais quand la lumière jaillit, tout apparaît. Les mots, les secrets, la douleur, les souvenirs, les meilleurs moments, les pires moments, les meilleures personnes, les pires personnes, les rires et les pleurs.

Mais cet endroit détruit.

Les mots qui restent sont ceux qui se sont perdus ou que ne sont jamais sortis.

Les secrets non-dits rongent, petit à petit, l'esprit.

La douleur fait mal et ne se lasse jamais de le faire.

Les souvenirs rendent mélancolique et forment une boule de regret ou de remord au milieu du ventre.

Les meilleurs moments nous font vivre dans le passé.

Les pires moments font remonter toutes les émotions.

Les meilleures personnes sont parties.

Les pires personnes sont restées.

Les pleurs perdurent.

La solution n'existe pas. Même la mort ne règle aucune de ces horreurs.

Pauline

Pourquoi ne suis-je pas comme elle?

Elle est si parfaite, elle.

Drôle, jolie, sexy, sérieuse, intéressante. Toutes ces choses que je ne suis pas.

Pourquoi ne me regardes-tu pas comme tu le fais avec elle?

Je ne suis pas assez bien, certes, mais finalement je ne cesse d'espérer que tu m'aimes encore.

Je n'ai pas dis ces mots à haute voix, par peur qu'ils ne se perdent, ou par peur de me détruire un peu plus encore.

Je hais ce monde où nous sommes prisonnières, m'aimerais-tu de nouveau si tu en avais le droit?

Quelques fois mes larmes ont inondé mon visage, mais je n'avouerai jamais pleurer pour toi. Tu me trouverais ridicule.

Je n'existe plus dans ton monde, même si dans le mien tu prends toute la place. Je me perd et divague dans mes pensées mais tu reviens toujours.

Ton regard est froid mais me met en sécurité.

Tes mains chaudes me rassurent mais me brûlent toujours plus.

Mais je me tais, dès maintenant pour toujours, et le temps n'aide pas.

Laisse-moi partir ai-je envie d'hurler, mais je t'aime semble être plus vrai.

Présentation

Ce midi, je devais la présenter à mon père. Lui et moi venions de se réconcilier après de nombreuses années sans jamais se voir ni se parler.

Elle avait peur, comme si il s'agissait d'un roi, pourtant il en était tout le contraire. Elle avait passé une heure à se maquiller alors que son visage naturel était le plus joli. Elle avait essayé douze tenues au total pour finalement porter la première robe qu'elle s'était passée sur le corps. Elle a attaché ses cheveux pour les lâcher et de nouveau les attacher, mais lorsque nous sommes parties, elle avait relâché ses ondulations.

Nous étions en retard.

Quand mon père a ouvert la porte d'entrée, j'ai de suite vu à son regard qu'il l'aimait déjà. Elle l'avait séduit en un rien de temps.

Nous avions passé l'après-midi à discuter et plus elle parlait de sa voix mélodieuse, plus il était séduit. Puis nous devions rentrer chez nous.

Mon père nous a pris dans ses bras puis il m'a glissé une phrase à l'oreille. « Je suis heureux d'avoir rencontré la femme de ta vie avant de partir. »

Je me suis soudainement réveillée, des larmes ruisselantes sur mes joues. Elle m'a enlacé, connaissant déjà le récit de mon rêve, comme chaque matin depuis nos fiançailles.

Presque faux

Dans les livres, je lisais souvent « décor de carte postale » sans jamais y croire réellement, mais pour la première fois, j'y croyais. Devant moi se tenait un véritable décor de carte postale. La mer était parfaitement turquoise et nous pouvions déjà savoir que l'eau était translucide. Le soleil y reflétait et illuminait le sable.

Nous avons passé notre journée ici à attendre le coucher de soleil. Quand celui-ci a enfin commencé, nous sommes allées acheter des glaces. Et ce soleil couchant était lui aussi un décor de carte postale. Le ciel était un dégradé de bleu et d'orange. Je n'avais qu'une envie : mettre une de nos chansons et la faire danser, ici et maintenant. Ce que j'ai fait. J'ai lancé l'une des musiques de son dessin animé préféré, j'ai posé mon pot de glace sur le muret sur lequel nous étions assises et je lui ai tendu la main. Elle a incliné la tête sur le côté, pensant que je lui faisais une blague. Puis elle a regardé autour de nous, a saisi ma main et elle m'a laissée l'entraîner dans une danse dénouée de sens mais pourtant ressemblante à une chorégraphie travaillée pendant des heures.

La nuit a fini par tomber et la lune était la seule lumière. Là encore on aurait cru que l'endroit était faux. Nous sommes restées jusque tard, elle s'est même endormie allongée sur mes jambes.

Nous sommes rentrées dans notre maison de vacances et avant de s'endormir pour la nuit, elle m'a déposé un baiser sur les lèvres et a brisé le silence.

« Et si on se mariait à notre retour à la maison ? »

Professeure des écoles

Les enfants étaient tous partis. J'étais épuisée. Ils étaient tellement énergiques et parfois tant désobéissants, mais ils pouvaient être si mignons et travailleurs quand ils le voulaient. Je rêvais de ce métier depuis toujours, puis lorsque j'ai su que je ne pourrais jamais être mère, j'en rêvais encore plus. J'avais tout fait pour réussir et depuis le mois de septembre j'étais professeure des écoles, dans une classe fixe.

Depuis peu, une ATSEM m'avait rejoint pour aider l'une des filles de cette classe, la plus jeune. Mon travail était plus léger depuis son arrivée, elle m'aidait beaucoup pour toutes les tâches.

Nous n'étions plus que deux dans l'établissement, nos autres collègues préféraient venir tôt le matin, je préférais rester tard le soir.

Une fois la classe rangée et remise en ordre, j'entrepris de commencer à corriger leur cahier de dictée pour que leurs résultats les attendent et non l'inverse. J'empoignai mes stylos de toutes les couleurs et je me mis à corriger leurs mots un par un, n'oubliant jamais le petit mot d'encouragement et les autocollants amusants qu'ils adorent collectionner. Heureusement, un thé et des bonbons m'accompagnaient.

Je corrigeais depuis déjà une heure et demie, je pensais être désormais totalement seule. Je tenais dans mes mains le dernier cahier, un bleu, l'un des rares bleus. Quelqu'un toqua à ma porte vitrée. La peur me vola un sursaut et d'une voix faible je permis l'entrée à cette personne. Quand elle entra, elle se mit à rire à gorge déployée. C'était Iris, ma collègue préférée, mon ATSEM. Elle était vêtue de son long manteau vert olive et de son épaisse écharpe blanche. Elle portait ses sublimes bottes blanches à talons qui ne faisaient aucun bruit lorsqu'elle marchait.

« -Désolée, je t'ai fait peur. Qu'est-ce que tu fais encore là ?

-Je corrige les dictées. Et toi alors ?

-Je t'attendais mais il est tard alors je vais rentrer.

-Mais tu pouvais rentrer.

-A vrai dire, j'allais t'inviter au restaurant ce soir. Donc soit tu viens avec moi, soit j'invite par obligation quelqu'un trouvé sur Tinder en espérant pouvoir la ramener chez moi.

-J'arrive, attends-moi encore deux minutes. »

La soirée s'annonçait plutôt enjouée.

Reine du bal

L'élection de reine du bal devait avoir lieu ce soir au lycée. Je ne m'étais pas présentée à ce concours ridicule parce qu'un roi m'aurait été assigné et je n'en avais aucune envie. Je ne servais qu'à accompagner cette nouvelle amie rencontrée il y a de ça quelques mois. Elle avait décidé sur un coup de tête de participer et nous devions à présent choisir sa robe.

Elle m'avait traîné dans un magasin de robes de luxe. Je me suis assise sur la banquette et je l'ai regardé choisir les plus belles robes et les essayer. Elles étaient soit trop blanche, soit trop colorée, soit trop brillante, soit trop terne ; aucune ne convenait. La vendeuse était fatiguée de devoir ramener chacune des robes à la cabine et son exaspération se voyait sur son visage. Puis elle est arrivée avec une robe verte en satin. Le genre de robe qui ne laisse personne indifférent. La robe avait l'air d'être crée pour elle : le tissu épousait ses formes à la perfection et faisait ressortir ses hanches.

Elle a payé cette beauté une fortune puis nous sommes rentrées chez elle pour qu'elle se maquille. Je l'ai regardé et écouté toute l'après-midi. Je ne voulais pas qu'elle soit candidate parce qu'elle serait maintenant obligée de se montrer avec ce garçon élu et le lycée entier penserait qu'une histoire d'amour se serait glissée dans cette élection.

La fête avait déjà commencé et les votes allaient être dépouillés pour savoir qui seraient élus reine et roi du bal. Sans surprise, ce fût le garçon que les filles aimaient s'arracher des bras les unes des autres. Puis elle fût élue reine. Dans sa robe de conte de fée, elle est montée sur scène, un sourire parfaitement blanc étiré de ses lèvres parfaitement rouges. Et je me suis rendue compte que jamais elle ne pourrait être mienne.

Elle était bien trop belle, bien trop brillante, bien trop parfaite, bien trop intéressante, bien trop drôle, bien trop elle. Jamais je ne pourrais arriver à la cheville de tous ces garçons à ses pieds. Pourtant j'étais celle qui la connaissait le mieux et qui était maintenant amoureuse de sa personne.

Elle est venue me chercher dans la foule pour se vanter de cette couronne qu'elle venait d'acquérir. Je ne pouvais pas l'écouter, elle brillait trop et rendait ma vue trouble, ou alors étaient-ce mes yeux qui se remplissaient d'eau salée ? Elle a soulevé le diadème plein de diamants de son crâne pour le poser sur le mien. Elle a posé ses mains froides sur mes joues chaudes et mes yeux sont tombés au sol. Elle me complimentait en riant et une larme a roulé sur mon visage. Son rire s'est arrêté et elle s'est approchée de plus près. Elle a chuchoté, de façon presque inaudible.

« Je sais ce qu'il se passe, je l'ai remarqué, et ce soir ne veut pas dire que je peux pas être tienne, au contraire, et c'est pour ça que je voulais que tu sois là pour choisir ma robe. Je voulais briller dans ton regard. »

Sur ces paroles, elle m'a déposé un baiser sur les lèvres. Et elle a recommencé jusqu'à ce que nous n'ayons plus de souffle.

Retour de conscience

J'avais tout oublier depuis ce soir-là. Les thérapeutes parlaient d'amnésie traumatique. Quand j'étais arrivée là, je ne me souvenais plus de qui j'étais ni même de la manière dont j'étais atterrie dans cet endroit clos et horriblement sécurisé. Les autres personnes disaient être chez elles mais je me sentais comme une bête en cage. On me parlait comme à une enfant, comme à une folle ou comme à la plus dangereuse des femmes.

J'étais restée assise pendant des heures entières depuis le levé du jour. Le temps était long, je ne faisais que de penser à ce que les médecins m'avaient dits, à toutes ces questions qu'ils me posaient et auxquelles je n'avais presque jamais les réponses. Des clés firent claquer le levier dans la serrure et un homme en uniforme bleu marine entra, restant à distance.

« Sara, suis-moi, on va voir la docteur Mathilde. »

Docteur Mathilde, ma thérapeute que je vois trois fois par semaine. Elle essayait toujours de faire revenir ma mémoire en me posant des questions. Ça ne fonctionnait jamais alors elle m'avait demandé l'accord pour m'hypnotiser, m'envoyer dans un autre monde. J'avais accepté avec quelques craintes, nous devions donc l'essayer aujourd'hui. Le garde pénitentier et moi sommes passés dans de longs couloirs habités de portes métalliques avec une petite fenêtre couverte d'une trappe. Il faisait froid, j'avais beau serrer mon gilet fin contre ma poitrine, je tremblais toujours. L'homme me déposa devant la porte blanche ornée d'une plaque dorée annotée du nom de la docteur et de sa profession : « hypnothérapeute ». Je toquai avec hésitation et une voix lointaine me permit d'entrer dans le tout petit bureau.

La docteur m'offrit un superbe sourire avant de m'inviter à m'asseoir sur le divan face à sa chaise. Elle me demanda mon prénom, mon âge et mon lieu de résidence pour s'assurer que ceux-ci étaient de nouveau encrés dans ma mémoire.

« -Super tu n'as rien oublié ! C'est génial comme nouvelle. On va pouvoir essayer l'hypnose. Tu me permets de te toucher ?
-Oui. »

Ça allait commencer.

Elle me tînt la tête et la main droite avant de m'assoupir. J'étais dans un environnement totalement vide et noir. J'étais seule. Je n'entendais que sa voix. Puis elle me mena chez moi, le soir du quinze septembre dernier. J'étais dans la cuisine, tout était flou mais docteur Mathilde fit disparaître le brouillard. Ma fille, âgée d'un an, était allongée sur le sol dans une flaque de sang, sans vie. Son père était accroupi à coté, en pleurs, me regardant avec son air de paumé. Il me criait qu'il en avait marre de ses pleurs, qu'il voulait qu'elle arrête d'hurler et que, dans un excès de folie, il l'avait claquée au sol plusieurs fois. Il avait tué ma fille, mon bébé.

Comme un boomerang, tout me revînt. Dans un calme extrême dû au choc, je m'étais servie dans le tiroir des couverts. J'avais empoigné ce couteau que j'avais toujours peur d'utiliser tant il était aiguisé. Il me suppliait de me calmer, pourtant je l'étais déjà. Puis j'ai entré le couteau dans sa chair. Quarante six fois. Lui aussi était mort désormais, baignant dans son sang et celui de notre enfant.

La docteur me réveilla enfin. Je pleurais, choquée par mes propres révélations.

« -Alors ?

-J'ai tué le père de ma fille parce qu'il l'a tué elle.

-Vous vous en souvenez enfin.

-Oh mon dieu... Je l'ai tué... Quarante six fois, je l'ai planté quarante six fois...

-Nous allons vous remettre dans votre cellule et vous administrer un calmant, d'accord ? »

J'étais incapable de parler ou de bouger. J'étais en prison parce que j'avais tué de mains nues un homme.

Riche épouse

J'étais mariée à Diane depuis seulement trois mois mais nous étions déjà à notre huitième événement. Les personnes riches font des événements grandioses pour tout et rien : naissance, mariage, maison vendue, appartement acheté... Ce monde, avant elle, je ne le connaissais pas. Fille de caissière seule, je ne connaissais que la joie sans artifice. Grâce à mes résultats scolaires, j'ai tout de même pu faire de grandes études politiques en obtenant une bourse. C'est ainsi que l'on s'est rencontrées. Nous étions amies puis un jour, en faisant nos révisions dans sa villa de campagne, elle m'a embrassé. C'était il y a dix ans.

Contre toute attente, son monde élitiste et aux rangs fermés avait accepté mon arrivée avec amabilité et indulgence. Diane m'avait bien-sûr donner des cours d'élégance et de tenue. Cependant, même avec l'acquisition de leurs manières, sans mariage, je ne pouvais pas être conviée à leurs fêtes. Finalement, cette époque pouvait parfois me manquer.

Ce soir était inauguré l'hôtel d'un des amis des parents de Diane. Je crois que je n'étais jamais entrée dans un hôtel si prestigieux. Ici l'or et les moulures régnaient. La nuit d'une suite était au coût de quelques milliers d'euros. Et moi, fille du bas peuple, j'allais dormir dans l'une des plus belles suites.

La soirée fut longue mais plutôt amusante. La musique était bonne et la nourriture m'aidait à rester debout dans ma robe de luxe que Diane m'avait offerte de force. Mes talons n'étaient pas vraiment confortables mais je les adorais, c'était la première paire de luxe que j'avais pu m'offrir. J'étais tout de même pressée d'aller dans la chambre. La foule me fatiguait beaucoup, je n'étais pas habituée à toutes ces personnes et à toutes ces conversations.

01h30. Nous étions enfin dans l'ascenseur, en chemin vers notre chambre. Nous étions beaucoup et serrés, tous pressés de quitter nos vêtements trop parfaits et nos chaussures trop raides. Je sentis le parfum floral de Diane plus fort soudainement, elle s'était rapprochée. Elle passa sa main sur mes côtes, puis sur mon ventre. Elle continua de glisser jusqu'à mon bas ventre. Elle me sentit frissonner, je devinais son sourire. L'ascenseur était arrivé à destination.

Nous avons rejoint notre suite. Grandiose. Un lit immense, des moulures dorées sur des murs blancs et une salle de bain ouverte sur la chambre. Nous retirâmes nos chaussures et avant que je ne puisse faire quoi que ce soit, je sentis de nouveau ses mains chaudes sur mes hanches et ses lèvres dans mon cou. L'une de ses mains remonta vers le milieu de mon dos et elle ouvrit la fermeture de ma robe, la faisant tomber à mes chevilles. Elle me mit face à elle avec calme et me fit reculer doucement jusqu'à ce que je me heurte contre le lit. Elle me poussa tendrement pour que je m'y allonge, puis se superposant sur mon corps presque nu, elle me chuchota à l'oreille.

« -Faut bien essayer les lits non ? »

Effectivement, j'avais très envie de l'essayer.

Sa beauté à elle

Commencer un écrit sur la beauté d'une personne n'est pas simple, que dire en premier ? Nous avons tendance à commencer par le haut du corps puis à descendre pas à pas. Mais son visage m'envoûte tant que je ne vois que lui une fois mon regard posé sur elle.

Elle fuit souvent les yeux qu'elle croise mais les siens d'un vert presque ensorcelant donnent envie d'y refléter et d'arrêter le temps qui continue de courir. Lorsqu'elle sourit, une lumière scintille dans ceux-ci et la fait briller plus que n'importe qui.

Et son sourire, aussi beau soit-il, fait lui-même sourire. Son sourire, fait de ses lèvres ni trop grandes ni trop petites, ni trop fines ni trop pulpeuses, ne laisse personne indifférent. Au contraire, ses lèvres envoûtent peut être plus que ses yeux eux-mêmes, ou est-ce l'ensemble qui provoque ce doux effet ? Elles semblent témoigner de tout l'amour dont elle est capable. Celles-ci sont mélodieuses, presque joueuses ou encore demandeuses. Toujours accordées à cette peau.

Cette peau laiteuse, presque faite de porcelaine, à cet air de froide douceur. Cette peau aussi discrète qu'elle semble aimée, l'est-elle vraiment ? Cette peau d'une blancheur reposante finit souvent rosée sur ses joues à baisers et sur le bout de son nez.

Un nez si bien placé, presque inventé, si timide qu'il est parfois oublié. Un nez parfait mais pas toujours apprécié par sa propriétaire. Ce nez qui demande à être remarqué puis embrassé. Un nez souvent chatouillé par ses cheveux.

Sa sombre chevelure apporte encore plus de lumière sur son visage angélique. La lumière n'a-t-elle pas déjà entièrement recouvert son visage ? Ou est-ce son visage qui illumine le reste ?

Elle paraît irréelle, presque divine. Quel ange a osé réveiller cette peinture parfaite ?

Sauvée

« Tu sais, tu m'as sauvé. »

Nous étions allongées dans l'herbe fraîchement coupée de son jardin. Le soleil se tenait juste au dessus de nous. Elle s'est tournée pour me faire face, elle savait que je voulais en parler aujourd'hui.

« Tu m'as sauvé du sombre. C'est comme si je m'étais noyée dans le plus grand des océans et que tu m'avais apporté une bouée en me tirant vers la surface, avec beaucoup de patience. Ou comme si j'avais sauté sans parachute et que, juste avant que je ne tombe, tu avais placé des centaines de matelas pour que la chute soit douce. Tu es le genre de personne qui arrive sans prévenir et qui ramène le soleil même dans les nuits les plus sombres. Tu rends le monde tellement beau, sans toi tout paraît fade. Et les choses simples, comme rester allongées dans l'herbe à attendre que les heures passent, deviennent des choses follement incroyables. Je pourrais rester ici toute la vie si tu restais ici. Et ce dans n'importe quelle situation. J'ai besoin de toi et de ton amour. Et je te le rendrai éternellement. »

Elle a levé son petit doigt pour que je le serre du mien, c'était une promesse, suivie d'un doux baiser sur mes lèvres.

Seconde guerre mondiale

Je vis un homme, maigre et sentant mauvais, arriver parmi tant d'autres.

Je ne voulais pas être ici, mais pour ne pas mourir, j'en étais obligé. Faire souffrir ces hommes étaient insupportable. Chaque soir, je pleurais comme un enfant, seul, dans la cuisine bleue de ma mère.

Je chasse soudainement mes pensées et le fait entrer dans les douches. Sa maigreur m'effraie, survivra-t-il ?

Ses vêtements sont tellement abîmés et sales que l'envie me prend de lui donner les miens. A-t-il froid la nuit ?

Ses cheveux complètement rasés lui donnent l'air d'un soumis, ce qu'il est. Sait-il à quoi il ressemble ?

Nous sommes postés, mes deux collègues et moi, devant ce prisonnier qui prend sa douche de la semaine. Ils n'ont même plus d'intimité. Mon coéquipier, Henri, se fiche de l'état de ces hommes, il me dit toujours, en buvant son alcool bordeaux : « Un jour, tu vas mourir de leur faute ! S'ils sont ici, c'est qu'ils n'ont pas respecté les lois. ». Mais les lois ne sont pas respectables. Si ?

J'aimerais lire en cet homme, pour savoir ce que pensent les gens privés de leur liberté, et finalement, quand j'essaie d'imaginer leurs pensées, des frissons de peur me parcourt.

Qui suis-je, moi, Arnold Parino, pour décider qui doit mourir ou qui doit souffrir encore quelques temps ?

Mon unique fils, Charles, me dit souvent que selon sa maîtresse je suis un héros. En réalité, je ne suis rien de cela.

Je suis un tueur.

Je suis le monstre qui fait peur aux enfants Juif.

Je suis la bête qui tue leur père.

Je suis la honte du monde.

Il n'est pas le premier homme que je vois dans cet état, ça non, mais il est le premier qui ose défier nos regards. Mon regard. C'est un homme, pas un animal, je ne devrais pas être surpris qu'il me regarde de cette façon.

Je tourne lentement la tête vers Henri.

Je sais ce qu'il attend.

Je prends une grande inspiration, essaie de calmer les battements de mon cœur et je lève ma mitraillette allemande. Je la pose en travers de la poitrine de l'homme.

J'expire enfin, relève ma tête qui, à ma grande surprise, était tombée et je croise son regard.

C'est alors que je pus lire en lui.

Une horreur.

Un vide.

Un manque.

Des souffrances.

J'ouvris, malgré moi, très grand les yeux. Pour la première fois, j'ose laisser son regard m'horrifier et me transpercer. C'est à ce moment précis que je me promis de ne plus jamais faire de mal.

Je vais mourir ce soir.

Senteur banane

J'avais enfin terminé ma journée. Travailler, j'adorais ça, mais avec cette associée, je détestais. Elle était trop prétentieuse, trop douée, trop pointilleuse, et trop charmante.

Mon logement se trouvait dans les locaux, les personnes les plus hauts placées y vivaient et la boîte allait devenir mienne d'ici quelque mois. Je m'étais battue corps et âme pour atteindre ce post, j'en rêvais depuis le début de mes études.

J'entrai dans mon énorme appartement encore plein de cartons. Mon sac prit sa place sur le porte-manteau, accompagné de ma veste. Mes clés furent balancées dans ma coupelle d'argile colorée en rose, couleur que ma fille avait choisi. Je traîne les pieds jusqu'à mon salon, sachant très bien ce que je vais y trouver : mes meubles et tous les jouets que ma fille et moi avons laissé partout ce matin, nous étions encore parties en retard pour l'école. Lorsque le vendredi arrive, nous sommes toujours en retard. Je n'ai aucunement envie de la mettre à l'école sachant que je ne la reverrai que la semaine d'après. J'entrepris de ranger tout ce bazar, ce qui me prit une bonne heure puis je me rendis dans sa chambre pour qu'elle retrouve son cocon propre et ordonné à son retour.

20h31.

Je venais de finir mon ménage, tout était propre, sauf moi. J'étais épuisée mais j'avais besoin d'une douche. Avant que je ne puisse faire quoi que ce soit, un son que je déteste retentit dans tout l'appartement : trois coups, secs et puissants, venaient de frapper la porte. Je me rendis devant cette porte avec nonchalance, espérant que la personne soit déjà partie. Je tournai la clé dans la serrure puis ouvrit toujours aussi lentement.

« -Oh c'est vous ici.

Se tenait devant moi cette femme trop prétentieuse, trop douée, trop pointilleuse, et trop charmante. Ses lèvres se détachèrent l'une de l'autre, elle allait sûrement expliquer sa venue.

-Je viens d'aménager, je reprends le post de votre collègue, mais ils ne m'ont pas encore mis l'accès à l'eau. Vous êtes la seule à m'avoir ouvert.

-Vous voulez utiliser ma salle de bain ? Ai-je proposé, dans l'espoir qu'elle refuse.

-Ce serait vraiment gentil. J'ai pris mes affaires. »

Elle me fit son plus beau sourire et entra. Nous avons passé un marché : puisqu'elle utilisait mon appartement, elle paierait à manger.

Après lui avoir expliqué comment fonctionnait l'écran plat et lui avoir permis l'accès à ce qu'elle voulait, sauf à la chambre de ma fille, je pus enfin aller me laver. Je me mis nue et j'entrai dans la cabine plutôt grande. L'eau était chaude, elle brûlait ma peau et j'adorais ça. Je n'entendais plus rien, outre l'eau qui tombait et claquait sur les vitres autour. Les yeux clos, dos à ces vitres, je profitais de ce moment autant que possible. Lorsque je me tournai, j'essuyai mes yeux de mes mains puis je la vis. Là devant moi, et surtout nue. Je n'avais pas vu de corps nu depuis mon divorce. Avant que je ne puisse dire quelque chose, elle plaqua ses lèvres sur les miennes. Avec la vapeur, nos parfums sortirent de nos peaux et je sentis soudain une douce odeur de banane. Elle se décolla de moi non sans mal et, en commençant à se savonner avec un shampoing à la banane, elle se mit à sourire, presque à rire.

«J'ai rêvé de vous embrasser toute la journée. Sauf qu'à présent, là que je l'ai fais, j'aimerai faire bien plus que vous embrasser. »

A vrai dire, moi aussi.

Soir de Noël

Nous avions installé toutes les décorations, préparé à manger et nous nous étions préparées toute l'après-midi. Nous étions le vingt quatre décembre, ce soir nous devions fêter Noël dans notre manoir pour la première fois avec nos deux familles réunies. Mais ils nous avaient appelé : ils étaient bloqués à l'aéroport à cause de la neige. Ils ne pourraient pas être là. Nous étions tristes mais elle arrivait toujours à trouver le bon côté des choses alors elle avait amené le repas sur la table et elle avait mis notre série préférée sur le grand écran.

Je ne pouvais pas lui dire à quel point j'étais triste, elle m'aurait forcément démasqué, alors la soirée s'est passée ainsi : nous avons regardé quelques épisodes de notre série, puis elle m'a demandé de lire le nouveau chapitre de mon livre, nous nous sommes même chamaillées comme à chaque jours. Et les cloches ont fini par sonner minuit. Les cadeaux devaient être ouverts. J'ai couru vers notre grand sapin pour aller chercher la petite boîte que j'avais camouflé dans les branches de l'arbre. Je voulais lui offrir mon cadeau avant qu'elle ne le fasse.

Elle s'est retournée un instant pour allumer la caméra. Elle allumait toujours la caméra lorsque nous passions des moments avec nos familles ou à deux, elle disait qu'elle montrerai ses films à nos enfants. J'en ai profité pour soulever ma robe à mon genou et poser l'autre au sol. Mes mains devenaient moites et je devenais rouge. Elle m'a fait face et m'a rit au nez, pensant à une sorte de blague. Puis j'ai commencé le discours que je m'étais répété en boucle durant une semaine entière.

« Je voulais faire ça devant tout le monde, mais nous ne sommes que deux. Ce n'est pas grave, je vais le faire devant la caméra et notre futur enfant pourra le voir. Ça fait maintenant cinq années que nous sommes ensembles. Nous avons notre maison, nos chats, des projets plein à la tête et surtout tout l'amour du monde entre nous. Mais une seule chose me chagrine : rien n'indique sur ta main que tu es la compagne de quelqu'un et j'aimerai exposer notre amour au monde entier, parce que je suis fière de t'avoir à mes côtés à chaque instant. Alors pour mille et une raison, est-ce que tu accepterai d'être mon épouse ? »

Sans réfléchir, elle a de suite acquiescé puis elle a enfilé la bague de mon père autour de son doigt. Elle lui allait comme un gant. Je l'ai prise dans mes bras et l'ai embrassé une centaine de fois. Puis elle est allée chercher une petite boîte rouge à paillettes. Des larmes lui sont montées aux yeux et de sa voix tremblante, elle m'a déclaré la plus belle des chose que je puisse entendre.

« Le mois dernier, quand on a fait le transfert d'embryon, le test de grossesse a annoncé négatif. Alors je suis allée faire une prise de sang la semaine dernière, comme ils le demandent, en sachant qu'aucun embryon n'avait tenu. Mais quand j'ai reçu les résultats, j'ai cru à une blague. Alors sans te le dire, j'ai fais cinq tests pour être sûre de ce qui était écrit sur la prise de sang. Nous allons avoir un bébé Adèle. »

J'ai ouvert la boîte et, étalés là, il y avait les résultats de la prise de sang, les tests de grossesse sur lesquels étaient écrits « enceinte » et une paire de chaussons blanc. Nous allions devenir mères dans quelques mois, elle m'avait fait le plus beau cadeau que l'on pouvait m'offrir.

Soirée d'été

Nos vacances étaient sur le point de se terminer. Notre dernière soirée allait se dérouler sur la plage, avec pour seules lumières un feu de bois et la lune. La plage allait nous appartenir, et l'idée de se baigner sans personne lui plaisait.

J'avais commandé dans un restaurant près d'ici qu'elle avait adoré au début de notre séjour et nous avions tout installé sur notre couverture à carreaux noirs et beiges. Le coucher de soleil était terminé, la nuit tombait alors les touristes partaient, la plage se vidait enfin. Le ciel étoilé prit place pendant que nous terminions de manger. Elle se releva et enleva sa robe en lin pour laisser apparaître son maillot de bain à petites fleurs. Elle voulait se baigner de suite.

J'ai rangé nos affaires puis j'ai, moi aussi, retiré ma robe et je suis partie la rejoindre. Deux mètres devant l'eau, deux morceaux de tissus à petites fleurs avaient été abandonnées là. Je la voyais, dos à moi. Sa peau brillait dans la nuit peu éclairée. A mon tour, j'ai retiré mon haut de maillot de bain, puis le bas, et je suis entrée dans l'eau gelée.

L'eau se rependait sur mon corps nu qui cherchait la chaleur. Elle n'avait pas entendu mon arrivée. Je me suis collée à son dos chaud et mes bras l'ont entouré. Elle a eu un léger sursaut puis elle s'est abandonnée dans mes bras. Nous étions face à la lune, c'était un soir de pleine lune. Elle s'est tournée, ses bras sont venus dans ma nuque et nos fronts se sont collés. Ses yeux hazels transperçaient les miens, elle m'ensorcelait plus chaque seconde.

Elle posa un baiser sur le bout de mon nez puis elle m'embrassa pendant plusieurs minutes.

« J'aimerai rester ici avec toi pour l'éternité ».

Soirée déserte

Le sable du désert n'est pas jaune et fade comme celui de la plage. Celui-ci est orange et lorsqu'il s'envole et se niche dans sa cascade de charbon il paraît encore plus chaud. Elle plaît à ce désert qui fait danser ses grains de soleil autour de son corps parfait, elle semble s'amuser d'eux.

Son visage me fait maintenant face. Je vois son sourire expressif mais surtout ses yeux. Ses yeux d'un vert presque lumineux transpercé d'amour. Sa peau laiteuse donne envie de la boire mais comment le lui dire ? Elle me paraît irréelle le temps d'un instant, le temps que mon cerveau la prenne en photo. Elle me tend sa main, sa main gauche, sa main sur laquelle la bague brille.

Cette femme au visage de poupée et au corps angélique m'est mariée. Je la laisse m'entraîner dans sa folie dansante. Je m'amuse à la faire tourner, retourner, à la coller puis décoller de mon corps effrayé d'amour. Son rire résonne dans ce désert devenu notre. Le sable continue de la séduire . Nous avons dansé ainsi quelques minutes, peut être même quelques heures. Le temps s'était arrêté. Brusquement elle a arrêté de rire et de tournoyer alors le ciel est devenu gris et le sable est retombé.

Je ne bougeais plus de peur de perdre ce moment. Sa robe volait derrière elle pendant qu'elle s'avançait. Sa main droite vînt se poser sur ma joue et son sourire revient. Elle finit par coller ses lèvres sur les miennes. Le ciel se ralluma de nouveau dans des teintes de roses et d'oranges. Le sable dansait maintenant autour de nous deux. Je la pris une dernière fois en photo avec mes yeux avant qu'elle ne me chuchote « Je veux qu'on rentre à la maison ».

Son épouse

Ma sœur venait d'épouser sa fiancée. Depuis cinq ans, elles projetaient ce mariage et aujourd'hui, elles avaient enfin pu réaliser ce rêve. Quelques semaine auparavant, le mariage avait été annulé, Alice était partie. Finalement, elle était revenue quatre jours plus tard. De ce fait, nous n'étions pas enchantés par cette union. Les décorations et les lieux de cérémonie étaient plus parfaits que dans les films. Tout était blanc, doré et vert, une harmonie presque irréelle. Leur robe avait coûté des milliers, tout comme leur mise en beauté. En revanche, si tout semblait invraisemblable, une seule chose était bien réelle : leur hypocrisie. Tout le monde savait qu'elles ne s'aimaient plus depuis des mois mais leur situation était trop confortable pour partir. Ce mariage n'était pas une union d'amour, mais d'arrangement.

La soirée avait été, elle aussi, grandiose. La musique mettait les invités en accord sur la piste de danse. La nourriture était exquise. La pièce montée était grandiloquente. Ce mariage était la définition même de la folie des grandeurs. Nous avons dansé ainsi jusqu'à très tard, même jusqu'à très tôt. Ma famille et celle d'Alice dormaient dans un gîte à coté. Tous fatigués de cette journée chargée et stressante, nous nous sommes décidés à rentrer.

Ma chambre était au même étage que celle des mariées, ma sœur voulait pouvoir me rejoindre à toute heure de la nuit. Je pris une longue douche brûlante puis je me glissai dans les draps propres et excessivement doux. Avant de dormir, je souhaitais regarder mes mails pour ne pas être perdue lors de mon retour au travail. Je plaçai sur le bout de mon nez mes lunettes puis j'allumai ma tablette. Je répondais à quelques courriers numériques quand quelqu'un toqua à ma porte. Il s'agissait sûrement de ma jumelle. Sans lever les yeux de l'écran bleu, je lui permis d'entrer.

« -Je te dérange ?

Mes yeux se soulevèrent rapidement. Je reposai ma tablette sur la table de chevet en chêne.

-Non, non...

-Ta sœur dort depuis qu'on est rentrées.

-Tu as passé une bonne journée ?

Elle vînt s'asseoir face à moi. Elle portait une nuisette blanche en dentelle et un peignoir de même couleur en satin. Elle était tellement jolie, l'épouse de ma sœur. Je ne l'avais jamais avoué mais j'étais si jalouse.

-Oui bien sûr, c'était si fou. Mais je me suis rendue compte de quelque chose avec cette mascarade.

-Dis moi ?

Elle se rapprocha, se penchant sur moi, et remis en place une mèche de mes cheveux, laissant sa main sur ma joue.

-Je me suis trompée de sœur en la choisissant. »

Elle posa un baiser sur mon front et sortit de ma chambre. Mon cœur manqua un battement.

Son regard

Son rire se mit à résonner dans mes oreilles. Une bulle venait de se former autour de nous. Je ne voyais plus qu'elle et son sourire enfantin. Les gens se promenaient, nous jugeaient certainement, mais je ne voyais qu'elle. Le parc nous coupait du monde, du reste, des autres, de la réalité.

Plus son rire se faisait fort et plus mon cœur la réclamait. Pourquoi riait-elle ? Peut être que j'étais ridicule, peut être que mes phrases mal tournées étaient amusantes, peut être que son reflet sur ma toile ne lui plaisait pas. Pourtant la peinture représentait ses courbes faciales à la perfection. Je l'avais regardé longtemps avant de pouvoir m'approprier son visage. Tout était parfait ; sa bouche que réclamait tant la mienne, ses cheveux toujours doux, sa peau blanche comme neige, son nez trop parfait puis son regard.

Son regard.

Assises sur le banc, à l'instant même, son regard était sur moi. Son regard amusé de charme. Celui qui m'avait fait succombé tellement de fois. Celui qui pouvait passer du plus doux au plus agresseur. Sa force et sa faiblesse reflétaient en lui.

Elle riait trop fort, faisait de grands gestes quand elle parlait, mais je n'étais pas capable de quitter son regard.

Son regard de sorcière, d'enfant, d'amour, de tendresse, de méchanceté, de charme, de rire, de jugement, de plaisir.

Aujourd'hui était la toute dernière fois que je le voyais.
Aujourd'hui il m'envoûtait bien plus que les autres jours.
Aujourd'hui il m'attirait comme si je ne pouvais plus reculer.
Aujourd'hui il m'appelait comme jamais il ne l'avait fait.

Tout ceci parce que l'amour que je lui portais à elle était de trop. De trop dans son cœur d'une place.

Chaque seconde mon visage se rapprochait du sien, parce que son regard me disait qu'elle voulait jouer. Mais je ne jouais plus, plus maintenant.

Mon visage à un centimètre du sien faisait battre mon cœur bien trop fort. Son regard me demandait de m'approcher, encore.

Soudain il changea et s'amusa du mien. Elle venait de jouer encore une fois mais cette fois elle avait tourné la tête. Sa phrase était au bout de sa langue depuis déjà le début de son jeu. « Qu'est-ce que tu allais faire dis-moi ? ».

Rien. Je n'allais rien faire.

Tu es parti

Un jour, on m'appelle pour me dire que tu es malade, un autre j'apprends que ton dernier souffle est passé entre tes lèvres entrouvertes.

Beaucoup m'ont dit que mon choix serait regretté une fois ton départ arrivé, mais je ne me résignais pas à changer d'avis. Ton absence habituelle ne me dérangeait pas alors pourquoi ton absence éternelle changerait-elle quelque chose ?

En réalité elle a tout a changé. J'ai perdu quelques mois avec cette décision de ne pas bouger pour toi, mais j'ai tout de même eu sept mois, qui m'en ont paru trois, pour tenter de pardonner. Pardonner à mon esprit de t'en vouloir, pardonner à mon corps de te rejeter, pardonner à mon cœur de t'aimer. Je suis passée outre la colère, outre tes opinions, outre ta personnalité pour réussir à faire ce geste de paix, d'amour, peut être même de confiance. J'ai su t'ouvrir mon cœur, te connecter à mes pensées et te laisser parasiter mon quotidien. J'ai avoué nos ressemblances et laissé court à cette jolie danse, relançant la musique chaque fois qu'elle menaçait de s'arrêter.

Puis un jour la musique s'est arrêtée de nouveau, et lorsque j'ai essayé de la rallumer, ça ne fonctionnait plus.

Le sommeil me réparait de ton départ, mes différences m'éloignaient de cette famille voulant ressembler à celle des séries télévisées. Finalement, ta nouvelle absence, cette absence éternelle, me procurait une calme tempête. Perdue entre toutes ces choses qu'on me demandait de devenir, je ne suivais que ton chemin. Celui sur lequel tu avais fauté des milliers voire des millions de fois. Et caché dans un coin sombre se trouvait mon propre chemin, celui mouler entre le tien et celui de mon deuxième parent. Un chemin froid puis chaud, doux puis amer, lisse puis cabossé, rempli de portes. Des portes fermées, certaines ouvertes, beaucoup fermées. Des portes que j'ai peur d'ouvrir ; si ça ne se passe pas comme je l'imagine, mon état de tranquillité soudaine serait dévastée à jamais, et ce serait un nouvel obstacle sur mon chemin.

Les pères sont censés adoucir les épines et protéger de leurs gros bras des pluies incessantes que sont les obstacles. Mais toi, tu n'as fais qu'aiguiser ces épines et rendre ces pluies encore plus fortes et violentes.

Apprendre à pardonner est mon combat de chaque jour. Te pardonner. Me pardonner. Pardonner ce manque qui ne fait qu'accroître ma colère envers l'homme le plus cher au monde, un père.

Tuerie d'amour

Est-ce l'amour qui nous tue ? Est-ce nous qui tuons l'amour ?

L'amour fait pétiller, sourire, rire, aimer.

L'amour est fort, tendre, beau, doux, joyeux.

L'amour fait également mal, crier, pleurer.

L'amour est également mauvais, dur, faux, triste, toxique, destructeur.

L'amour est le bien comme le mal.

L'amour est la tendresse comme le déchirement.

L'amour est la beauté comme la mocheté.

L'amour est la bienveillance comme la malveillance.

L'amour est aimer comme haïr.

L'amour, toujours ce mot à la bouche. Comme si c'était réel. Est-ce le cas ?

Non. Peut être que oui. Peut être que personne ne saura jamais.

Est-ce l'humain qui rend l'amour aussi mauvais ? Aucune idée ?

Nous n'en saurons jamais rien.

Verdure enfantine

Notre fille adorait se cacher dans les arbres ou dans les herbes hautes depuis ses premiers pas. Alors, lorsque sa mère m'a montré ce petit restaurant pour fêter les trois ans de notre progéniture, j'ai trouvé l'endroit parfait. Elle allait adorer.

Nous lui avions fais la surprise. La plus belle vision que nous puissions avoir était ses yeux remplis d'étoiles.

La route prévoyait d'être longue, j'avais donc sorti les CD favoris de sa mère. Elles chantaient toutes deux à tue-tête et je les filmais, le sourire aux lèvres.

Une fois arrivées, je pouvais déjà voir l'excitation sur le visage de notre enfant. Elle tirait nos bras pour que l'on avance plus vite sans se rendre compte que sa mère ne pouvait pas être si rapide. Le bébé prenait de la place en elle et la ralentissait.

Elle n'a pas attendu que notre table nous soit assignée pour grimper tel l'enfant de la jungle. L'endroit était presque irréel : les plantes étaient au plafond, au sol, sur les tables ; grandes, petites parfois même moyennes. Mais le plus impressionnant en ce lieu magique, c'était les immenses arbres sur lesquels il était possible de grimper. Certaines personnes y mangeaient même, mais sa mère ne pouvait pas monter.

Nous avons mangé puis notre crapule a voulu rester un peu, pour accéder au sommet du plus grand arbre, ce qu'elle a réussi, pour les plus grandes frayeurs de sa mère.

Le temps de quelques secondes mon épouse et moi nous sommes regardées, puis j'ai posé un baiser sur ses lèvres de miel.

« Ana et ce second bébé sont les plus beaux cadeaux que la vie ait pu nous offrir. »

Elle avait raison, oubliant toujours qu'elle aussi était un cadeau.

Véritable mariage d'amour

Elle était enfin complètement mienne. La cérémonie civile avait eu lieu et le diamant à la naissance de son annulaire gauche tenait la promesse que l'on s'était faite devant nos deux familles réunies.

Les festivités avaient déjà commencées. Les autres dansaient et chantaient comme si ce n'était pas arrivé depuis des siècles mais nous, nous restions assises à les regarder, amusées par les drôles de pas de danse de son père.

Son corps niché dans mes bras et sa tête posée sur ma clavicule me cachait son doux visage d'ange et son sourire plus beau que n'importe quel autre, mais je pouvais entendre son rire et sentir ses secousses dû au rire. Ce rire était ma mélodie préférée , tout comme son parfum qui était resté le même depuis le lycée. La première fois que son odeur avait atteint mes narines, mon esprit avait été de suite apaisé. Chaque fois que celle-ci venait se frotter à mon nez, l'apaisement se faisait sentir de nouveau. Alors le jour où elle m'a offert la clé de notre appartement d'étudiantes, je me suis sentie soulagée pour tous les autres jours.

Tout s'est enchaîné très vite ensuite ; l'an suivant , elle m'a emmené dans un manoir de maître. Notre manoir de maître. Tout était déjà prêt : elle avait récupéré les plans que nous avions fait des années auparavant et elle avait rénové avec son père notre futur endroit. L'année d'après, j'ai demandé sa main comme je l'avais toujours imaginé : nous étions parties en voyage en Italie. Je lui avais demandé de ne pas regarder où nous allions sur les cartes mais de simplement profité de la beauté de l'endroit. Puis nous avons descendu les marches de la place d'Espagne à Rome. Au milieu de celle-ci se trouvait une magnifique petite fontaine remplie de roses rouges. Une fois qu'elle eut le dos tourné, je me suis agenouillée, une bague fine entourée de diamants entre les doigts. Elle s'est retournée pour me demander de rentrer dans une des boutiques de luxe mais elle n'avait pas eu le temps de terminer sa phrase. Elle a d'abord pensé à une blague et elle s'est mise à rire, puis je lui ai demandé de m'épouser, trois fois avant qu'elle comprenne que ce n'était pas pour rire. Elle a ensuite réfléchis, plusieurs jours, puis le jour de notre départ elle a finit par enfiler sa bague de fiançailles.

Et nous voici, l'une contre l'autre, le sept avril deux mille vingt cinq. Nous avons dis oui, le sourire aux lèvres, dans nos deux sublimes robes blanches, pour toujours.

Je crois, je suis même sûre, que je me souviendrai toujours de ce moment où elle s'est avancée au bras de son père. Celui-ci me faisait des grimaces pour que le stress ne soit plus invité ; et je dois avouer que cela fonctionnait ! Elle avait relevé ses cheveux prunes en un chignon fait de boucles. La robe blanche et sa peau se confondaient : elle ne s'était pas exposée au soleil, pour autant sa blancheur me plaisait encore plus que les autres jours. Elle n'avait pas voulu être maquillée par les mains d'une autre, elle avait préféré allonger ses yeux verts translucides par un élégant trait blanc elle-même. Ses cils eux aussi avaient été allongés et sa bouche légèrement foncée de son crayon favoris. Elle portait aux doigts toutes ses bagues, exceptée une : celle de mon père. Celle-si se tenait autour de son cou.

Elle regarda mon alliance puis se releva. Elle se mit face à moi et avant qu'elle ne puisse le dire, je brisai le silence entouré des musiques trop fortes. « Je t'avais dis qu'on y arriverait. ».

Elle m'embrassa comme si la mort n'existait plus.

Vie parfaite, vie lointaine

Mon cocon était enfin construit. Cela faisait vingt ans que j'économisais tout ce que je pouvais pour m'offrir cet endroit, dans les montagnes. J'avais souhaité que seulement les murs essentiels soient en briques, le reste ne devrait être que des vitres pour voir chaque jour la beauté de l'extérieur. Je travaillais de chez moi, je ne sortais jamais, ma maison était tout ce dont j'avais besoin. Ma sœur venait de temps à autre avec sa fille et son mari et chaque fois elle me disait de trouver quelqu'un pour partager ma vie. Mais outre avec un bambin, je ne voulais ne la partager qu'avec cet endroit. J'aimais tout ici, et ici m'aimait. J'aimais ma forêt qui me séparait de la ville.

Puis une journée de printemps, je me suis baladée plus loin qu'habituellement. J'avais dépassé mon périmètre de cinq kilomètres. J'étais fatiguée mais si fière de tous ces kilomètres que je venais de parcourir avec courage et détermination.

Je m'étais arrêtée le temps de boire quelques gorgées quand un bruit me transperça : le cri d'un bébé. Les pleurs se turent alors j'entrepris de faire le chemin inverse pour rentrer à la maison. De nouveau, les cris se firent entendre. Je n'étais pas folle. Un pressentiment horrible me serra le cœur. Je devais aller voir, peut être que cet enfant était en danger.

Presque en courant, je fis confiance à mon ouïe qui me guida à travers le bois.

Je trouvai là un berceau en osier et un sac de jute tâché de terre. Dans le couffin était niché un bébé. Il n'avait pas plus d'un trimestre. Lorsqu'il me remarqua, il fixa ses yeux sur moi. Après quelques minutes d'hésitation, je le pris dans mes bras. Je remarquai à sa cheville une ficelle liée à un papier sale. La mère l'avait abandonné, elle n'en voulait pas. Puisque j'étais non-loin de la ville, je me rendis à la mairie, ne sachant pas quoi faire de ce bébé.

L'enfant n'était pas reconnu, il n'existait aucun Nils. La secrétaire me proposa de le reconnaître mais avoir un enfant à vingt deux ans était risqué, mais également un rêve de femme stérile. Je pris mon portable et j'appelai ma sœur.

« -Madame, j'ai pris une décision.

-Bien je vais appeler le services so…

-Non ! Je veux le reconnaître. »

Ses yeux s'écarquillèrent. Elle n'y croyait pas mais elle appela un juge des familles. Après quelques semaines, Nils était enfin mon fils.

Ma sœur vînt nous chercher au foyer pour nous conduire chez moi, chez nous. Le bébé, mon bébé, dormait sur moi, l'air apaisé.

« Tu es mon bébé désormais » lui soufflais-je. Il sourit soudain dans son sommeil. Mon cœur de nouvelle maman se gonfla d'amour pour ce petit être que je venais de reconnaître.

Voyage de danger

J'avais décidé depuis quelques semaines de partir, mon départ était même organisé. Je n'étais plus en sécurité ici, dans mon pays natal. Étant un territoire islamique extremiste, je ne pouvais plus être libre. Libre de ne pas y croire, libre de me vêtir comme je l'entends, libre d'aimer la personne de mon choix. Tout ceci n'existait plus, pour le plus grand bonheur de ma famille. Ils aimaient que je ne puisse plus ne pas croire en leur Dieu, que je ne puisse plus montrer ma peau ni mes cheveux de charbons, que je ne puisse plus aimer les femmes. J'étais la honte de ma famille.

Mon sac à dos était prêt, personne ne savait rien ; mon plan allait fonctionner. Je devais monter à l'arrière d'une camionnette de journalistes français que j'avais croisé un mois auparavant, me faire passer pour un tas de couvertures cachées derrière leur matériel. Une fois sortie du territoire, ils me mèneront dans un village non-loin de la capitale. En remerciement, je leur donnerai un témoignage anonyme. A minuit quarante et une, lors des changements de soldats de surveillance, ils viendraient me chercher. J'ai attendu longtemps que le moment arrive, luttant pour que mes paupières ne se ferment pas.

L'heure fut enfin arrivée. Bien sûr, ils ne seraient pas devant la porte mais dans la ruelle d'à coté. Je sortis par ma fenêtre de chambre sans faire d'erreur. Je courus, échappant à deux ou trois soldats armés jusqu'au cou, puis je vis ma porte de libération : la camionnette était là, ils ne m'avaient pas menti.

Une femme m'aida à monter à bord du véhicule, me camoufla autant qu'elle put et, avant de couvrir mon visage, elle me sourit. Cette femme me plaisait beaucoup, en plus d'être très belle, elle avait l'audace de faire sortir quelqu'un de ce territoire sans avoir peur. Nous avons roulé longtemps avant de s'arrêter. C'était les contrôleurs. J'entendais les voix mais je ne comprenais pas ce qu'ils disaient. Puis la camionnette s'ouvrit, laissant passer la lumière. Je retins un cri de surprise. Les mains plaquées sur la bouche, les yeux fermement clos, je priai presque pour la première fois pour qu'il ne me découvre pas. Les minutes me parurent horriblement interminables avant que celui tout près de moi ne déclare « y a personne ici, dépêchez-vous de partir j'ai pas que ça à faire ». Ni une, ni deux, le conducteur accéléra aussi fort que qu'il put et nous partîmes à toute vitesse. Je me suis finalement endormie, heureuse d'y être arrivée.

Je ne sais pas depuis combien de temps nous étions sur les routes mais la femme qui m'avait caché vint me réveiller. Il faisait jour. Elle me donna un café crème et un pain au chocolat que je m'empressai d'engloutir, j'avais tellement faim. Elle resta là, près de moi.

« -Je m'appelle Prune, et toi ?

-Assia.

-C'est joli. Où comptes-tu aller une fois arrivée?

-Dans les rues, peut être à la gare.

-Viens chez moi, Assia. Je t'apprendrai à vivre dans cette nouvelle ville et je t'aiderai à trouver un travail et un logement.

-Mais je n'ai rien pour te remercier.

-Tu n'auras qu'à apprendre à m'aimer. Ça te dit ? »

Je lui répondis d'un sourire. Elle me plaisait énormément, Prune.

Partie 2
Poèmes

Avortement

Des mots résonnent dans ma tête,
« Monstre », « meurtrière », « assassin »,
Mon doux visage tombe entre mes mains,
Elles me rappellent que je ne suis pas bête.

J'ai entendu son cœur,
Mais ma décision était prise,
Alors priant dans la petite église,
Je regardais défiler les heures.

« Je ne peux pas faire autrement »,
Essayais-je de me justifier,
Face à ces rejets,
Comme si j'aimais cet avortement.

Bordel réconfortant

Travail gênant,

Travail dérangeant,

Travail effrayant,

Travail dénigrant,

Travail impressionnant.

Animosité,

« Chienne » disent-ils,

Sororité,

« Métier » disons-nous.

Client répugnant,

Client dangereux,

Client peureux,

Client mentant,

Client critique.

Violence,

« Catin » disent-ils,

Amour,

« Famille » répondons-nous.

Mon corps est mien,

Tes choix sont tiens,

Mon bordel est ma maison,

Ta maison n'est même plus un cocon.

Brûler

Comme une brûlure violente,

Toujours me hante,

Ce manque infernal,

Qui ne cherche que le mal.

Encore je pense,

A la puissance,

Du fléau connu,

Beaucoup trop vécu.

Tu quittes la vie,

Et je reste dans un déni,

Pour me protéger de ton absence,

Lourde et immense.

C'est pour un abandon ?

L'assistante sociale a à peine franchi la porte,

Qu'elle a posé sur moi son regard,

Rempli de jugement et sans hasard,

Ce genre de regard m'emporte.

Avec lenteur et ennui,

Elle sortir une pochette et un papier,

S'asseyant sans oublier de correctement tout poser,

Finalement elle sourit.

« C'est pour un abandon ? »,

A-t-elle lâché,

Comme un reproche déjà usagé,

Mais comment dire « non ».

« Je souhaite pour elle une belle vie »,

Ai-je avoué,

« Sans sa mère ça sera compliqué »,

A-t-elle fini.

Chance

Son voyage de Lune de Miel,

Réservé depuis des mois,

En retard à cause d'elle,

Pour un moment d'affection avec moi.

Mariée sur un coup de tête,

Son cœur refuse l'homme,

Son être chante mon nom à tue-tête,

Trop tard pour s'amuser comme des mômes.

Avion parti trop tôt,

L'homme en colère,

La ramène dans mon studio,

Pendant que l'avion est tombé des airs.

Climat ? Trop chaud

Hiver chaud,

Été froid,

Printemps moche,

Automne gelé.

Manteau hors-saison,

Température indécise,

Animaux presque disparus,

Humain bientôt mort.

Malades,

Morts,

Climat fou,

Où allons-nous ?

Comme une fleur

Ses pieds comme des racines,

Ses jambes comme des feuilles,

Son bassin comme un bourgeon,

Son buste comme une tige,

Ses bras comme des feuilles naissantes,

Ses cheveux comme les pétales,

Son visage aussi lumineux que le pollen.

Son parfum enivrant,

Sa beauté ensorcelante,

Sa tendresse impressionnante,

Son élégance insignifiante,

Son caractère entêtant,

Sa patience plaisante,

La menace du vent effrayante.

Comme une fleur, elle s'émerveille,

Comme une fleur, elle m'émerveille,

Comme une fleur, le froid l'emporte,

Comme une fleur, le soleil la ramène,

Comme une fleur, elle aime être libre,

Comme une fleur, elle aime être cueillie,
Comme une fleur, j'aime l'avoir chez moi.

Déni de mort

« Mort » ont-ils affirmé,

« Vivant » ai-je entendu,

« Mort » ont-ils insisté,

« Mensonge » sont-ils devenus.

Les mots crus ne m'ont jamais servi,

À comprendre l'incompréhensible,

Chagrin infini,

Parfois même irrépressible.

De mes propres yeux j'ai vu,

Ton corps froid et sans vie,

De mes propres yeux j'ai vu,

Ce bois t'entourant à vie.

Savoir n'est pas accepté,

Comprendre n'est pas inné,

Réaliser n'est pas obligé,

Parler n'est pas une possibilité.

Un jour peut être je voudrais,

Accepter et réalisé,

Mais l'heure pour l'instant,

Est de nier tout en hurlant.

Des choses pas permises

Des choses pas permises, ce n'est pas permis, pas vrai ?

Mais nous, nous aimons franchir les règles.

Nous, nous aimons fermer les yeux sur les interdits.

Nous, nous aimons laisser le plaisir nous prendre au jeu.

Mais quel jeu ?

Le jeu de séduction en constante permanence.

Le jeu des gestes qui crient des mots.

Le jeu des grands amoureux de la vie.

Le jeu des grands amoureux de l'autre.

L'autre est une quête.

Une quête pour trouver que faire, que dire, que penser.

Une quête pour se trouver soi, et trouver l'autre.

Une quête d'amour et de sentiments.

Des sentiments comme des fleurs.

Des fleurs telles des roses ou des pivoines.

Des fleurs qui naissent et ne meurent jamais réellement.

Des fleurs timides et rouges.

Rouges comme ses lèvres.

Ses lèvres que réclament tant les miennes.

Ses lèvres que j'aimerai goûter.

Ses lèvres que j'aimerai faire baver.

Désir maternel

Toujours ailleurs lorsqu'une femme annonce porter la vie,

Rien ne me transperce ne serait-ce que la jalousie,

Pour cette chance que je n'ai pas,

Cette chance qui n'est qu'à un pas.

« Un enfant n'est pas simple » me crie-t-on,

Tandis que je saute d'un pont,

Dans le cas de l'infertilité,

Ou dans une probable impossibilité.

« Je rêve de la richesse » disent-elles,

« L'argent est le seul bonheur » est un rappel,

Mais ma seule richesse est un enfant,

C'est ainsi que le mot « riche » je l'entends.

Devant un film

Devant un film,

Main sur la cuisse,

Sourire caché.

Envie camouflée.

Devant un film,

Main entre les cuisses,

Sourire gêné,

Envie additionnée.

Devant un film,

Main sur le secret,

Sourire essoufflé,

Envie multipliée.

Divinités

Les divinités sont nombreuses,

Aphrodite, Artémis, Hébé,

Règnent leur force et leur beauté,

Plus besoin d'être peureuse.

Grands monuments,

Magnifiquement représentées,

Idolâtrées,

De l'Antiquité à maintenant.

Chaque romains les vénéraient,

Certains continuent aujourd'hui,

Jamais seront-elles nos amies,

Toujours seront-elles adorées.

Doux baisers volés

Mon nez collé à ses cheveux charbonnés,

Camouflant nos souffles saccadés,

et mes mains se baladant sur ses hanches chaloupées.

Mes yeux laids plongés dans la lumière verte qui lui appartenait,

Me rappelaient ce corps parfait que mes doigts parcouraient,

Apaisant nos cœurs endommagés.

L'amour sans limite arrivé,

Donnait à nos âmes l'envie de rester,

Et de voler de doux baisers en secret.

Élevage

Là devant moi,

Agités et essoufflés,

Onze chihuahuas,

Venus à mes pieds.

Blanc, noir, marron,

Sautant partout,

Mais seul un m'offre un don,

Celui de comprendre son être doux.

Lui restait au loin,

Moi coincée entre tous ceux-là,

Lui m'attirant par son regard en coin,

Moi le choisissant sans douter de ça.

Élue de mon cœur

L'élue de mon cœur,

Possède à cette heure,

Mon être amouraché,

Complètement entier.

L'élue de mon cœur,

Possède à cette heure,

Entre ses mains qui le parcourent,

Mon corps vêtu de velours.

L'élue de mon cœur,

Possède à cette heure,

Mes doutes, mes peurs,

Sans aucun leurre.

L'élue de mon cœur,

Possède à cette heure,

Mes yeux ensorcelés

Et mes lèvres attirées.

L'élue de mon cœur,

Présente à cette heure,

Me laissant sans voix,

C'est forcément toi.

Être l'autre

Être l'autre est détestable,

En revanche plaisant,

Mais être l'autre est instable,

Et toujours effrayant.

Se sentir adorée,

La sentir attirée,

Rend le cœur dépendant,

D'un amour renaissant.

Amusement détruit,

Amour trop présent,

Fin ressenti,

Événement traumatisant.

Femme mariée

« Je suis mariée »,

Était la première information,

Qu'elle avait voulu me donner,

Comme une sorte de précaution.

Voulait-elle se persuader,

D'être sûre de ce qu'elle était ?

Voulait-elle m'effrayer,

Pour m'éloigner ?

Le premier verre la fit parler,

Le deuxième verre la fit rire,

Le troisième verre la fit danser,

Le quatrième verre nous fit partir.

« Je suis mariée »,

Avait-elle répété,

Comme pour s'excuser,

D'avoir aimé.

Héritage

Dans cette forêt, nous aimons danser,

Dans cette forêt, nous ne faisons qu'aimer,

Dans cette forêt, nous jouons sans arrêt,

Dans cette forêt, nous rions sans cesser,

Dans cette forêt, nous nous retrouvons à chaque année.

L'été sont installés nos tipis,

L'été chantent nos carrions,

L'été dansent les petits,

L'été brillent les lampions.

Les arbres sont grimpés,

Les arbres sont câlinés,

Les arbres sont chouchoutés.

Les animaux viennent nous voir,

Les animaux viennent à leur bon vouloir.

Nos héritages sont pour toujours encrés en nos âmes.

Jeu de manipulation

Pion comme sur un plateau,

Pion comme dans un établissement,

Pion comme le manipulé,

Pion comme toujours.

Oursin douloureux,

Oursin protégé,

Oursin peureux,

Oursin fermé.

Pion comme un oursin,

Oursin comme un pion,

Tous deux peureux, tout deux manipulés,

Tous deux se protègent.

La ferme

« Ça sent le putois »,

Avait dit ma fille,

Sans même regarder les oies,

Sans même me laisser tranquille.

« Apprécie ce lieu »,

Avais-je répondu,

Sans même détourner les yeux,

De cette jeune femme tendue.

« Vous venez souvent ? » avait-elle demandé,
« Maman adore la ferme, surtout la fermière » avait-elle avoué.

Là où vivent caribous et lapins

Forêt dense,

Forêt sombre,

Forêt danse,

Forêt de décembre.

Abritant des secrets,

Abritant caribous et lapins,

Abritant les dangers,

Abritant quelques uns.

Là-bas dans le sombre,

Là-bas dans l'amusement,

Là-bas dans l'ombre,

Là-bas est le corps gisant.

L'insolente

L'insolente me plaît,

Mais aimer l'insolente est une mauvaise idée,

Parce que l'insolente ne sait pas aimer,

Et je ne sais pas arrêter d'être amourachée.

Amourachée comme emprisonnée,

Emprisonnée de mon plein gré,

Par cet amour, ce danger,

Qui me plaît.

L'insolente m'aime maintenant,

L'insolente m'aime terriblement,

Et nos baisers apaisant,

Réparaient nos cœurs fuyants.

L'orage chante l'amour

Corps gelés et collés,

Emmitouflées et apaisées,

Bercées par le chant,

Du tonnerre incessant.

Le sentiment amoureux,

Blotti dans nos yeux,

Déclare l'amour intense,

Seulement qui commence.

Bouches appelées puis baisées,

Cœurs éloignés puis scellés,

Femmes endormies par la chanson,

Que l'orage offre avec attention.

L'une, ou l'autre.

Relation dénouée de sens,

Et même pendant toutes ces danses,

Son corps la réclame,

Tandis que son cœur m'acclame.

Dans la beauté d'être ensorcelée,

Son regard me plaît,

Jamais je ne pourrais alors,

Oublier la puissance de son or.

Chaque réflexion me rappelle,

A cet âme qu'est-elle,

Pourtant si repoussante quand elle recommence,

A m'aimer de toute sa puissance.

L'une, ou l'autre,

Incapable de choisir,

Nous ne nous accordons plus un rire,

De peur d'être de nouveau prises.

Mer violente

Vague violente,

Odeur de moule,

Envolées les tentes,

Brouillard semblable à une cagoule.

Le vent crache,

Les huîtres sont digérées,

Les habitants se cachent,

Et je sors dans le vent gelé.

Corps froid,

Corps dur,

Corps de débat,

Corps de futur.

A la une, je le prend,

A la deux, je le bascule,

A la trois, je le jette,

A la quatre, il coule.

Non

« Non » avais-je dis,

Peut être trop bas,

« Non » était mon cri,

Peut être ne comprenait-il pas.

Restée là figée,

Sans larmes et sans réaction,

M'en voulant de ne pas bouger,

Sans même aucune attention.

Peau contre peau,

Je ne sentais plus la violence,

De ses gestes et de ses mots,

Avec totale absence de résistance.

Le moment passé,

Rien oublié,

Esprit fracassé,

Vie impactée.

Nous avons le droit aussi

J'ai le droit de l'aimer,
J'ai le droit de le montrer,
J'ai le droit de l'embrasser,
J'ai le droit d'être aimée.

Nous sommes de celles appelées « les dérangées »,
Les hommes nous préféreraient mortes,
Parce-qu'ils tiennent à leur virilité.

Nous nous battrons jusqu'à en mourir,
Pour n'avoir ne serait-ce que quelques droits,
Nous avons peur d'être seules à encore rire,
Arrêtons donc de tenir compte des rois.

Elle a le droit de m'aimer,
Elle a le droit de le montrer,
Elle a le droit de m'embrasser,
Elle a le droit d'être aimée.

Post-partum

Le bébé est né,
Rose et plein de saleté,
Hurlant de faim,
M'accusant presque d'assassin.

Le bébé est là,
Tout près de moi,
Dans son couffin,
Calme et serein.

Le bébé m'angoisse,
Chaque cri me froisse,
Le sommeil manquant,
Me rappelle brutalement.

Le bébé cri,
Alors je vacille,
Je le porte,
Et son sourire m'emporte.

Le bébé a besoin de sa mère,
Sa mère aurait besoin d'un père,
Mais j'aime tellement le regarder,
Qu'il me serait impossible de le partager.

Retour deux flammes

Le feu s'était éteint,
Je ne voulais plus sentir ses mains,
Sa voix m'assourdissait,
Tandis que son odeur m'insupportait.

Toujours sous le même toit,
Soudain seul le plaisir est roi,
Les attentions reviennent,
Afin que mes réflexions soient siennes.

Ses yeux dans les miens,
Sont là pour me rappeler soudain,
Qu'elle se tient là pour moi,
Qu'elle me soutient dans tous mes combats.

J'ose enfin l'admirer,
Cette fois totalement pour de vrai,
Et je la laisse comprendre,
Que nous avons rallumé les cendres.

Le feu s'est rallumé,
Je sens le besoin d'être touchée,
Sa voix sans honte m'emporte,
Tandis que son odeur me transporte.

Salope

Amoureuse d'elle,
Amoureuse de l'or,
Amoureuse de l'intellectuelle,
Amoureuse des corps.

Folle d'elle,
Mais de l'opposée,
S'éprend les ailes,
Tandis que le cœur est posé.

Aimer celle-ci,
Tomber sous ce charme,
Perdre ici,
Oublier les armes.

Approche-toi vers moi,
Saute,
Accroche-toi à moi,
Je suis ton hôte.

Évaporation est terminé...

Évaporation est un projet né en 2022, lorsque je ne savais pas quoi faire de mes centaines de nouvelles et poèmes. J'écrivais de nouveaux récits sans jamais m'arrêter, plus différents les uns que les autres, avec toujours cette même source d'inspiration : mes pensées, mes ressentis, mes émotions, mes muses. Tant de sujets tabous sont contenus dans mes récits que je ne savais pas si les publier était une réelle idée, et puis j'ai décidé que des tabous devaient être brisés. Alors j'ai pris cette belle décision, et j'ai voulu mener ce dur combat, celui d'écrire pour être lue afin que des personnes soient en capacité de recevoir chez eux ces pages dans lesquelles j'expose mon point de vue sur tant de rares sujets.

J'espère qu'à la fin de ce recueil, vos idées les plus floues se seront évaporées pour laisser place à des idées plus claires.

Merci pour tout, merci d'avoir lu ces récits, merci de prendre le temps de m'apprécier pour de vrai, et surtout merci à mes nombreuses muses qui, tout au long de ce parcours d'écriture, m'ont permises de penser et de ressentir pour avoir de la matière afin de mettre sur papier ce qu'il se passait dans mon esprit.

Louise-Marie, une écrivaine particulièrement amoureuse *d'elles*.

louisemarieb17@gmail.com

Nouvelles

- **A**chetons celle-ci
- Agréable nuitée
- Aimer cette fille
- Antiquités
- Atelier cuisine
- Attentat
- Attirante
- **B**aignoire
- Ballon rouge
- Bleu nuage
- **C**achées dans le sellier
- Ce "oui" aquatique
- Cette nuit dans ce chalet
- Château de sable
- Cheffe danger
- **D**anse, danse
- Désir
- Deuil
- **E**ffroi
- Elle
- En un regard
- Et Matt?
- Etoile filante
- **F**ête hivernale
- Feu d'artifice
- **H**alloween
- Hiver
- Horrifique
- **I**nterdit
- **J**e n'en veux pas
- Je t'accuse
- Je te supplie de rester
- **L**a fille d'eau
- La fille derrière la vitre
- L'arbre
- Le départ
- Le jeu amoureux
- Le jeu de la bouteille
- Le pari
- Le pont
- Le vent
- Lettre d'un soldat
- **M**enteuse
- Merveilleux hasard
- Mon monde
- **N**e pars pas
- Notre mascotte
- **P**aroles perdues
- Pauline
- Présentation
- Presque faux
- Professeure des écoles
- **R**eine du bal
- Retour de conscience
- Riche épouse
- **S**a beauté à elle
- Sauvée
- Seconde Guerre Mondiale
- Senteur banane
- Soir de noël
- Soirée brûlante
- Soirée déserte
- Son épouse
- Son regard
- **T**u es parti
- Tuerie d'amour
- **V**erdure enfantine
- Véritable mariage d'amour
- Vie parfaite, vie lointaine
- Voyage de danger

POÈMES

- **A**vortement
- **B**ordel réconfortant
- **B**rûler
- **C**'est pour un abandon?
- **C**hance
- **C**limat? Trop chaud
- **C**omme une fleur
- **D**éni de mort
- **D**es choses pas permises
- **D**ésir maternel
- **D**evant un film
- **D**ivinités
- **D**oux baisers volés
- **E**levage
- **E**lue de mon cœur
- **E**tre l'autre
- **F**emme mariée
- **H**éritage
- **J**eu de manipulation
- **L**a ferme
- **L**à où vivent lapins et caribous
- **L**'insolente
- **L**'orage chante l'amour
- **L**'une, ou l'autre
- **M**er violente
- **N**on
- **N**ous avons le droit aussi
- **P**ost partum
- **R**etour deux flammes
- **S**alope